Lapa

República Federativa do Brasil

Presidente da República
Luís Inácio Lula da Silva

Ministro da Cultura
Gilberto Gil Moreira

Fundação Biblioteca Nacional

Presidente
Pedro Corrêa do Lago

Diretoria Executiva
Luiz Eduardo Conde

Gerência do Gabinete da Presidência
Maria Izabel Augusta F. Mota de Almeida

Coordenadoria-Geral do Livro e da Leitura
Luciano Trigo

Coordenadoria-Geral de Pesquisa e Editoração
João Luiz Bocayuva

Luís Martins

Lapa

Apresentação
Ruy Castro

3ª edição

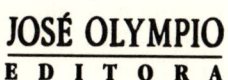

© Ana Luisa Martins, 2004
representada por AMS Agenciamento Artístico, Cultural e Literário Ltda.

Reservam-se os direitos desta edição à
EDITORA JOSÉ OLYMPIO LTDA.
Rua Argentina, 171 – 1º andar – São Cristóvão
20921-380 – Rio de Janeiro, RJ – República Federativa do Brasil
Tel.: (21) 2585-2060   Fax: (21) 2585-2086
Printed in Brazil / Impresso no Brasil

Atendemos pelo Reembolso Postal

ISBN 85-03-00826-2

Projeto de capa e estojo: Luiz Basile
Ilustração: *Duas mulheres & galo*, Di Cavalcanti, 1972, xilogravura, 47,50 x 0,65 cm.
Foto: Marcos Magaldi

Agradecimentos: Ruy Castro, Samuel Gorberg, Paulo Fonseca, Leon Barg, Nirez, João Máximo, Elisabeth di Cavalcanti Veiga.

CIP-Brasil. Catalogação-na-fonte
Sindicato Nacional dos Editores de Livros, RJ.

	Martins, Luís, 1907-1982
M344L	Lapa / Luís Martins. – 3ª ed. – Rio de Janeiro: José
3ª ed.	Olympio, 2004.

ISBN 85-03-00826-2

1. Lapa (Rio de Janeiro, RJ) – Usos e costumes – Ficção. 2. Prostituição – Rio de Janeiro (RJ) – Ficção. 3. Romance brasileiro. I. Título.

04-1159

CDD – 869.93
CDU – 821.132.3(81)-3

A Odylo Costa, filho

SUMÁRIO

NOITES DA LAPA   11

NOTA ABSOLUTAMENTE NECESSÁRIA   35

PRIMEIRA PARTE   37

SEGUNDA PARTE   67

TERCEIRA PARTE   113

"De tous les maux dont l'homme s'est rendu responsable il n'en est point de plus abject, de plus honteux et de plus brutal que sa façon d'abuser de ce que je considère comme la meilleure moitié de l'humanité: le sexe féminin, non le sexe faible. C'est à mon avis le plus noble des deux, car même aujourd'hui il incarne le sacrifice, la douleur silencieuse, l'humilité, la foi et la connaissance."

MAHATMA GANDHI, *La jeune Inde*

"Nous n'avons pas d'héroïnes à vous présenter, dans ce monde. Nous débordons complètement des pages de M. Bourget. Le trottoir n'a jamais été l'antichambre des aventures et de la volupté. Il fut et demeure encore, uniquement, le chemin du restaurant."

ALBERT LONDRES, *Le chemin de Buenos-Aires*

NOITES DA LAPA

RUY CASTRO

> "Villon, Verlaine e Luís
> encontraram-se na Lapa.
> A vida — essa meretriz —
> tanto beija como escapa."
>
> CARLOS DRUMMOND DE ANDRADE

"MAS O QUE É A LAPA?", perguntou Luís Martins num artigo de jornal em 1972. Ele mesmo respondeu: "A rigor, seria apenas o largo e a rua que têm seu nome. Exatamente como Pigalle: 'C'est une place. C'est une rue. C'est même tout un quartier...' Esse *quartier* espalha-se do Passeio Público às encostas do morro de Santa Teresa, da avenida Augusto Severo aos Arcos, estende-se por outros bairros (o início da rua da Glória é ainda Lapa, assim como, do lado oposto, a rua das Marrecas também o era, antigamente). Seus limites são imprecisos, fluidos, arbitrários, convencionais. [...]

Muito antes de 1935, ela chegava até às margens da baía de Guanabara, onde desembocavam a rua Joaquim Silva e o beco dos Carmelitas. O aterro da praça Paris afastou a Lapa do mar. A geografia lapiana é complicada. Aquele labirinto de ruelas que se cruzam, que se entortam, que sobem e descem — Joaquim Silva, beco dos Carmelitas, Morais e Vale, Taylor, Conde de Lage (que tem a forma de um L deitado), Teotônio Regadas, travessa do Mosqueira —, desorienta a quem o percorre pela primeira vez."

O adolescente Luís — carioca de São Cristóvão, da classe de 1907, criado em Jacarepaguá e, nas suas próprias palavras, "magro, alto, vago estudante de preparatórios, os olhos saltados e a cabeleira revolta" — pode ter se sentido assim, confuso, nos anos 1920, quando viu a Lapa pela primeira vez. E olhe que só a viu na matinê — porque, da abertura dos primeiros cabarés, à noitinha, até o romper da estrela da manhã, a Lapa era o mundo de luzes e trevas dos adultos, ao qual ele ainda não pertencia. Mas Luís soube esperar. Em alguns anos, não apenas o dédalo de ruelas tornou-se sua segunda pele como ele contribuiu para ampliar os limites do bairro, forçando-os para além dos Arcos, encampando parte de Mem de Sá, Riachuelo e Lavradio, roçando os contrafortes da praça Tiradentes, tomando os sopés da Glória, subindo Santa Teresa. A Lapa — uma filial de Pigalle e Montmartre na Guanabara, com seu aroma particular de perfume e xixi — era onde ele e seus amigos estivessem.

Dois livros brotaram da experiência de Luís Martins enquanto ele a estava vivendo: os romances *Lapa*, em 1936, e *A terra come tudo*, em 1937. Mas, por causa do primeiro, que lhe valeu uma acusação de "comunista", Luís teve de deixar o Rio em 1938. Fez, então, algo drástico para o ultracarioca que ele era: levou a Lapa para São Paulo, com todos os seus cabarés, restaurantes, bares, biroscas e bordéis. Levou-a em sua memória. E para sempre porque, por vários motivos — um deles, a pintora Tarsila do Amaral —, acabou ficando por lá.

Coincidência ou não, em 1942, quatro anos depois da partida de Luís Martins, coisas aconteceram por aqui. Vítima das mesmas truculência e insensibilidade oficiais que o tinham levado ao auto-exílio, a Lapa também deixaria de ser a Lapa. Ou, pelo menos, deixaria de ser a Lapa de Luís Martins. Uma cruzada policial moralista fechou bordéis, expulsou prostitutas, perseguiu malandros e varreu a boemia. As velhas casas continuaram no lugar, escorando-se umas às outras nas ruas tortas de sempre, só que, de repente, esvaziadas dos prazeres, poesia e música que, até há pouco tempo, alimentavam suas mulheres e seus homens. Em meados dos anos 1940, a Lapa já se reduzira a famílias que só se deitavam de pijama e camisola e a algumas profissionais desavisadas, cujos corpos pareciam esfarinhar-se ao ritmo agônico das últimas casas "suspeitas". Sanitizada de seus pecados, a Lapa viu a cidade dar-lhe as costas e trocá-la por Copacabana.

A 450 km da sobrevivente Leiteria Bol, no entanto, a Lapa da fábula continuava a existir na memória de Luís Martins. E, por sorte, ele não a guardou apenas para si. De seus romances que a tinham como cenário já não restava nem lembrança nas livrarias. Mas as crônicas que ele publicou pelos mais de 20 anos seguintes em *O Estado de S. Paulo* sempre faziam a Lapa renascer, nem que fosse para deixar perplexos os que, presenciando a sua interminável destruição, mal podiam acreditar que ela tivera um passado tão radiante. Veio então, em 1964, a publicação de *Noturno da Lapa* (a convite de Guilherme Figueiredo, por indicação de Di Cavalcanti), contando suas aventuras e as de seus amigos na antiga Lapa. À primeira leitura, podia ser apenas o livro das estripulias de uma geração. Porém, mais que isto, era a narrativa de um Brasil valente, letrado e boêmio que, um dia, parecera caber inteiro à sombra dos Arcos. O livro rendeu uma infinidade de artigos (de Carlos Drummond de Andrade a Carlos Heitor Cony), inúmeras entrevistas do autor e novas crônicas dele próprio sobre a Lapa.

Não que Luís, ocupado com sua vida em São Paulo, insistisse em se apegar à Lapa. Ela é que parecia se agarrar a ele para não morrer. E Luís não fugiu ao apelo. Em 1981, quando ele próprio morreu (e a Lapa experimentava um começo de ressurreição), seu nome já se tornara quase sinônimo do bairro. Ninguém fez mais pela Lapa, via palavra escrita, do que Luís Martins. E, como sói, nem um busto ou placa numa das ruas tortas registra isto.

Em 1907, quando Luís Martins estava nascendo, a Lapa já tomava a forma ideal para recebê-lo. O lugar se desenvolvera em meados do século XVIII, ao redor do Seminário e da igreja da Lapa do Desterro, no largo da Lapa, e dos Arcos da Carioca, o aqueduto concluído em 1758 pelo governador-geral Gomes Freire de Andrade. Em 1790, o vice-rei D. Luís de Vasconcelos aterrou a pútrida lagoa do Boqueirão, ali perto, e sobre ela construiu o Passeio Público — a primeira área de lazer público no Brasil e, segundo o romântico Joaquim Manuel de Macedo, para que nele passeasse uma paixão proibida do vice-rei. Em torno do Passeio (desenhado e decorado por mestre Valentim), abriram-se ruas, e uma delas, depois dita das Marrecas, tinha ao nascer um nome muito mais sugestivo: rua das Belas Noites — pelos namoros, danças e cantorias que ali se davam enquanto a cidade dormia.

Com a chegada da Corte em 1808, subiram na Lapa os sobrados da aristocracia. Com ela, vieram o comércio e os serviços, famílias se instalaram e até os padres carmelitas se mudaram para o convento. Durante a maior parte do século XIX, em suas ruas singelamente domésticas, passaram-se doces histórias de Macedo e outras, agridoces, de Machado de Assis. Mas, ao ligar a Cidade ao Catete e ao Flamengo, a Lapa inchou e, em fins do século, já acolhia também uma considerável população pobre. Os estudantes da Escola Nacional de Belas Artes a descobriram e a visitavam para recrutar modelos-vivos para seus cursos. Surgiram os primeiros bares, cafés e restaurantes. Em 1904, para abrir a avenida Mem de Sá, a reforma do prefeito Pereira Passos derrubou cortiços e casebres do tempo de Debret, e seus habitantes foram se aninhar no morro de Santo Antônio. A nova avenida formou um X com a rua Visconde de Maranguape, tendo ao centro o "ferro de engomar" liderado pelo restaurante Capela. Talvez por coincidência, um X muito semelhante ao da Times Square formado pelo cruzamento da Broadway com a rua 42, em Nova York, e construído na mesmíssima época.

A Lapa, naturalmente, tomou rumos diferentes. Em 1915, brotando à beira-mar, a prostituição entrou pela rua Joaquim Silva e pela inocente viela que, no passado, conduzia os padres à praia: o beco dos Carmelitas. Tomou a rua Morais e Vale e a Conde de Lage, cruzou a rua da Lapa, e ocupou o restante da Joaquim Silva a partir do ponto onde esta fazia a curva, chegando até os Arcos, com o que acabou de dominar as ruas e travessas internas. As *pensões* eram às dezenas, com mulheres de todos os preços fazendo psiu aos passantes, por trás das portas fechadas — lado a lado com as famílias que continuavam a morar ali e a tocar a vida. Em 1923, a polícia tentou limitar os prostíbulos ao alto das ruas ou, pelo menos, às que não tivessem linhas de bonde.

Mas a Lapa não era só prostituição. Durante o dia, era um bairro inocente, com um colégio de freiras (que tinha como aluna Carmen Miranda), uma escola de música, um templo positivista, pequenos armazéns, farmácias, barbearias e pensões familiares — pensões mesmo, onde se serviam modestas refeições diurnas. À noite, no entanto, era a vez das *diableries*: os chopes, cabarés e cafés-cantantes se incendiavam, as orquestras dos restaurantes podiam ser ouvidas da rua, homens eram tragados pelas portas entreabertas das *pensões* e lâmpadas vermelhas se acendiam no interior dos quartos. Boêmios e capadócios zanzavam pelas calçadas, leões-de-chácara mantinham a ordem nos bares e táxis e bondes a cortavam madrugada afora. Os "alcalóides" (morfina, cocaína) eram fáceis de comprar. Por essa época, o lapiano Rui Ribeiro Couto, futuro embaixador, já perguntava numa crônica em seu livro *Cidade do vício e da graça*: "Não acreditas que a Lapa seja digna de certas cidades que a cólera do Senhor destruiu?"

Essa Lapa dos anos 1920 era a de cronistas e poetas como Ribeiro Couto, Dante Milano, Augusto Frederico Schmidt e Raul de Leoni, do pintor Di Cavalcanti, dos escritores Sergio Buarque de Hollanda e Prudente de Morais Neto, dos teatrólogos Luiz Peixoto, Alvaro Moreyra, Paulo Magalhães e Joracy Camargo, do romancista Cornélio Pena, do compositor Villa-Lobos, do cantor Francisco Alves, dos caricaturistas Roberto Rodrigues, Guevara e Fritz, dos jornalistas Mario Rodrigues, Orestes Barbosa e Aparício Torelly, do lutador Sinhozinho, do santificado Jaime Ovalle, do folclórico Zeca Patrocínio, do médico Hernani de Irajá — todos jovens, alguns já célebres, outros ainda principiantes, mas nenhum deles anônimo. Esses, sim, foram contemporâneos dos cafetões e bambas lendários, como Joãozinho da Lapa (que se dizia filho de uma importante família carioca), Camisa Preta, Mete-braço, Paulo da Zazá e Armandinho da Lapa, e das grandes cafetinas Tina Bonalis, Suzanne Casterat e Tina Tati, ligadas às máfias francesa e judaica que abasteciam a Lapa de mulheres européias.

A turma de Luís Martins só adentrou a Lapa em 1930 ou pouco depois: R. (de Raymundo) Magalhães Jr., Henrique Pongetti, Moacir Werneck de Castro, Francisco de Assis Barbosa, Odylo Costa, filho, Lucio Rangel, Jorge Amado, Peregrino Júnior, Murilo Miranda, Tomás Santa Rosa, Carlos Leão, Carlos Lacerda, Rubem Braga, Augusto

Rodrigues, Alvarus, Rosário Fusco, Genolino Amado — todos jornalistas, entre 20 e 30 anos, mas futuros escritores, políticos ou artistas plásticos — e outros que, sumidades em seu tempo, não contaram com as benesses da posteridade. (Quem não pudesse chegar à Glória, que ficasse por ali, na Lapa — diziam eles, num trocadilho sobre os dois bairros vizinhos.) Por um breve momento, no começo da década, a geração de Luís coexistiu com a geração anterior e as duas partilharam copos, mulheres e citações em francês.

Eram várias turmas na Lapa dos anos 1930. Octavio de Faria, Lucio Cardoso e Vinicius de Moraes, por exemplo, formavam um grupo à parte, contemporâneo do grupo de Luís, mas só se acenavam à distância. Manuel Bandeira, que se dava com todos, descera em 1933 da rua do Curvelo, em Santa Teresa, para a rua Morais e Vale. Donde era morador da Lapa — e logo onde! —, mas, cioso de sua tuberculose, não circulava na boemia (segundo amigos, às vezes visitava de tarde uma "casa suspeitíssima" na rua do Riachuelo). Portinari morava num sobrado na esquina de Joaquim Silva com Teotônio Regadas (há hoje uma placa), mas também não aderia à esbórnia. Havia a turma "da esquerda": Osório Borba, Barreto Leite, Francisco Mangabeira, Octavio Malta. E a turma do samba: Silvio Caldas, Aracy de Almeida, Nássara, Mario Lago, Bororó, Wilson Baptista, Roberto

Martins, Geraldo Pereira. Ué! E Noel Rosa? Muito depois, seu nome ficaria intimamente associado à Lapa, por causa de sambas como *Dama do cabaré* e *Conversa de botequim*, mas tanto Luís como Lucio Rangel, que não saíam de lá, escreveram que nunca viram Noel na Lapa.

O que não significa que ele não a freqüentasse. Segundo o quase infalível Almirante, a história de *Dama do cabaré* ("Foi num cabaré na Lapa/Que eu conheci você/Fumando cigarro/Entornando champanhe no seu soirée...") se passou na noite de 23 de junho de 1934, no Apollo, na avenida Mem de Sá. (João Máximo e Carlos Didier, em *Noel Rosa — Uma biografia*, confirmam a história, mas esclarecendo que, nessa época, a jovem Ceci [a "dama do cabaré"] ainda não fumava, não tomava champanhe e muito menos usava *soirée*.) E, também segundo Almirante, o botequim de *Conversa de botequim* ("Seu garçom, faça o favor de me trazer depressa...") seria o Café Bahia, idem na Mem de Sá, junto aos Arcos. "A Lapa era maior do que pensávamos", diria Luís no futuro, tentando explicar esses desencontros.

Da mesma forma, só nos anos 1970 ele ouviria falar de Madame Satã, que, segundo a lenda, fora um temido valentão do seu tempo. Luís disse que nunca soube dele na Lapa (e de nenhum outro valentão). Mas, se Satã realmente freqüentava a Lapa, como poderia passar despercebido? Era um mulato forte, pederasta (ele próprio se classificava assim), que saía à rua vestido de baiana ou de odalisca, com batom, pulseiras e brincos, e, em 1931, teria inspirado *Mulato bamba*, um samba de Noel de nítida conotação homossexual. Tudo bem, mas, mesmo que Luís nunca tivesse visto Satã, como poderia desconhecer a história de que ele enfrentara sozinho, a murros e rabos-de-arraia, um choque da Polícia Especial na Mem de Sá? Uma façanha dessas ecoaria do Passeio à Cruz Vermelha. A não ser que nunca tivesse acontecido — o que parece ser a explicação. Millôr Fernandes afirmou ter criado essa cena para um musical de teatro nos anos 1960, para ser encenada como balé. A peça nunca foi montada, mas, anos depois, Millôr narrou a cena para o próprio Satã, na entrevista deste ao *Pasquim*. Satã a confirmou como se ela tivesse acontecido e incorporou-a à sua biografia, com todos os detalhes que Millôr inventara. Aliás, Millôr, que foi para a Lapa em 1939, também diz que nunca viu ali um soco, tiro ou navalhada.

A Lapa de Luís Martins era mais da poesia e da literatura que da malandragem e da valentia. Talvez fosse isso que ele quis dizer ao escrever no *Noturno*: "A *belle époque* do Rio acabou justamente quando eu entrei em cena." E, no entanto, seu relato também é de dar água na boca. Uma das especialidades da turma era fazer serenata às três da manhã sob a janela de Manuel Bandeira, e agüentar os baldes d'água, tomates e outros produtos atirados pelos vizinhos do poeta.

Outra era a de saírem pelos bares recitando Villon, Baudelaire ou Verlaine, com rápidas incursões às francesas entre um verso e outro, mas não exatamente para checar a pronúncia. Um deles, Magalhães Jr., por ser o mais abonado (na época, já tinha vários empregos), mantinha uma conta corrente à disposição dos amigos num bordel da rua Conde de Lage. E, certa noite, Henrique Pongetti brigou a socos com um leão-de-chácara no Túnel da Lapa, e foram todos — Pongetti, Luís, Odylo, Lucio e o leão — parar no distrito da rua das Marrecas, acusados de provocar distúrbio. Mas o delegado, ao ver de quem se tratava, pediu desculpas, serviu-lhes cafezinho, liberou-os e só prendeu o leão, por "desacatar aqueles moços tão distintos".

Se isto também não pode ser chamado de *belle époque*...

Vivia-se, amava-se e se bebia em francês. Para o jornalista Dante Costa, Luís era *Le beau Louis*. Moacir Werneck de Castro converteu-o em *Louis Martin du Bar*, num trocadilho com o nome do escritor francês Roger Martin du Gard. A poetisa Ana Amélia Carneiro de Mendonça o chamava de "o pequeno D'Artagnan". E Ribeiro Couto o classificava de "*expert* em verificação de *sex-appeal*". Os apelidos se referiam ao homem bonito (um quê de Fredric March), culto e alegre que ele era, com uma invejável capacidade cúbica e uma firme disposição para as mulheres.

O adolescente Luís, no entanto, ainda não era assim. Ou, pelo menos, ninguém podia prever que o garoto "tímido, sonhador e meio calado", abraçado aos livros de Eça e Machado e às *Fleurs du mal*, de Baudelaire, fosse dar no rapaz "quase aloucado, imprevidente, tagarela, que trocava os dias pelas noites", tudo isso segundo ele próprio. Seu pai proibiu-o de entrar para a Escola de Belas Artes, alegando que todo artista era boêmio ("Acabei boêmio, sem ser artista"). Preferia vê-lo advogado, e Luís, para satisfazê-lo, entrou para a Faculdade de Direito, na rua do Catete — chegou ao quinto ano, mas nunca concluiu o curso. Aos 21 anos, em 1928, usou sua mesada para pagar a edição de um livro de poemas, *Sinos*. Quase ninguém o comprou, mas o livro abriu-lhe um espaço de cronista no recém-fundado *Diário Carioca* e, pelos anos seguintes, em revistas como *Paratodos, Rio-Magazine, Carioca, Vamos Ler*. O dinheiro que isso lhe rendia era pouco, mas tornou-o conhecido dos notáveis da época e lhe valeu um convite, em 1929, para disputar uma vaga na nova Academia Carioca de Letras. Luís foi eleito e escolheu a cadeira que tinha João do Rio como patrono — o mesmo João do Rio que também era uma de suas admirações e que morrera, aos 39 anos, em 1921, dentro de um táxi de propriedade de seu pai. (O pai de Luís, que não sabia dirigir, comprara dois carros como investimento e os pusera na praça. Na noite fatal, João do Rio tomou um deles no largo da Carioca e teve um infarto a bordo, na altura da rua Pedro Américo.)

Em fins de 1933, na casa de Eugenia e Alvaro Moreyra, Luís conheceu Tarsila do Amaral, filha da aristocracia paulistana, musa original dos modernistas, ex-mulher de Oswald de Andrade e pintora da antropofagia. "Vestia-se modestamente, sem nenhum vestígio de luxo", ele depois diria. "Mas conservava ainda uma surpreendente, radiosa e espetacular beleza." Para ele, a visão de Tarsila foi um *coup de foudre* — paixão à primeira vista. O Rio recebia uma retrospectiva de sua obra, no saguão do Palace Hotel, na avenida Rio Branco, e Tarsila era a estrela da cidade. Luís compareceu ao *vernissage* e suspeitou de que, como ele, todos ali estavam apaixonados pela pintora. E, mesmo que não estivessem, que chance ele teria? Desempregado, vivendo de bicos na imprensa e ainda morando com os pais (agora no Estácio), suas perspectivas pareciam zero. Mas, poucas semanas depois, nos primeiros dias de 1934, à saída de um jantar de escritores em que se sentaram lado a lado no restaurante Alpino, no Leme, descobriram que a paixão era recíproca. Luís tinha 26 anos; Tarsila, 47.

Sim, foi chocante pela diferença de idade, como era de esperar. Mas a esnobe e conservadora família de Tarsila já a desprezava como trêfega muito antes de sua ligação com Luís (um irmão dela advertiu-a de que a receberia a chicotadas se ela aparecesse na fazenda dele). Do lado de cá, Luís parece também ter escondido o caso enquanto pôde de sua família. Não há registro de que qualquer de seus amigos cariocas o tenha criticado por esta paixão. E, a princípio, nem era uma coisa escrachada, porque Tarsila continuava morando em São Paulo. Para poderem ficar juntos quando ela viesse ao Rio, Luís finalmente saiu da casa dos pais e alugou um apartamento na rua Marquês de Abrantes, no Flamengo. Para isso, teve de aderir à vida profissional: arranjou um emprego em *O Jornal* (como cronista) e, por intermédio do ministro da Justiça Agamenon Magalhães, foi nomeado chefe do serviço de imprensa do Instituto de Aposentadoria e Pensões dos Comerciários (IAPC). Mas, a provar que a relação era séria, Tarsila instalou no apartamento seu cavalete, que mandara vir de São Paulo, e alguns quadros mais queridos. E ali, em 1936, Luís escreveu *Lapa*.

O maior inimigo da Lapa era o casamento. Ribeiro Couto, Magalhães Jr., Pongetti e outros se casaram, afastaram-se e só iam até lá de raro em raro. Mas o quase casamento (afinal, jamais formalizado) com Tarsila pouco interferiu na vida noturna de Luís com sua turma. Quando Tarsila estava no Rio, cerca de dez dias por mês, ele era dela. Nos 20 restantes, quando ela estava em sua fazenda em São Paulo, ele continuava a ser da Lapa.

Curioso é que, ao escrever um romance que se passava ali, o cenário e a história nada tivessem a ver com a euforia que ele experimentava na noite. *Lapa*, ao contrário, era um romance sombrio e pessimista, com personagens destinados à dor, à miséria e à morte. Não há *vamps* entre as suas prostitutas, apenas vítimas, inclusive as que caíram "na vida" por vocação. E os poucos homens que perpassam como fantasmas pela história também não são felizes. Luís desprezou até a variedade geográfica, que ele conhecia tão bem — como se quisesse reduzir a Lapa a um clima de filme expressionista alemão, algo entre *Caligari* e *A caixa de Pandora*, com becos e vielas claustrofóbicos, como se fossem cenários de estúdio.

Bandeira queixou-se com Luís de que, para *Lapa* ser um romance da Lapa, faltara mencionar a igreja. Luís foi mais longe e lhe disse que o que faltava era a própria Lapa, "a sua vida, o seu encanto, o seu mistério". A Lapa do livro é também estranhamente despovoada — o narrador, Paulo, anda sozinho na noite, só penetra em lugares semivazios e todos os seus interlocutores, com uma exceção, são as prostitutas. É quase uma premonição da decadência que afligiria o bairro no futuro próximo. Ou então era Luís que, diante da convivência com Tarsila, passara a enxergá-lo diferente.

Lapa não nasceu com esse título. Luís Martins pensou nele como *Prostituição* — talvez mais adequado, mesmo porque vários ramais levam a trama para o Mangue, onde ela acaba ficando. Foi Jorge Amado, já adepto de títulos bem gráficos (*Suor, Cacau, O país do Carnaval*), quem lhe sugeriu *Lapa*. Numa "nota absolutamente necessária" à guisa de prefácio, Luís antecipou-se aos críticos que pudessem desmerecer o romance por sua fatura pouco "literária", e autorizou-os a chamá-lo de "reportagem", se quisessem, ou de "um livro de sincera e amarga revolta". Fez bem. Há passagens em que o autor abandona a narrativa para contar uma breve história da prostituição no Rio ou para calcular, assombrado, os rendimentos anuais das cafetinas. Mas o principal temor de Luís era o de que vissem a história como autobiográfica e o tomassem por Paulo, o protagonista. E por que não tomariam? Como ele, Paulo era jovem, jornalista, *habitué* da Lapa e fora criado num "sítio nos arrabaldes" (Jacarepaguá). Mas bastava conhecer o esfuziante *blagueur* Luís Martins de 1936 para se saber que o deprimido Paulo era um personagem da ficção. A não ser que se tratasse do muito, muito jovem Luís (Paulo, no livro, tem 20 anos). Só que Luís, com esta idade, não freqüentava regularmente a Lapa.

O primeiro a quem ele ofereceu o livro para publicação foi José Olympio, que acabara de fundar sua editora e já capturara *Jubiabá* de Jorge Amado. Mas José Olympio, talvez apreensivo por dois ou três palavrões ("veado", "trepar",

"Cu-da-Mãe"), recusou-o delicadamente. Luís então se voltou para seu amigo Augusto Frederico Schmidt, cuja editora, até então forte, começava a ceder terreno. Em outubro de 1936, *Lapa* saiu por Schmidt, Editor, com capa de Tarsila e dedicado a Odilo Costa, filho. Foi bem nos mercados do Rio e de São Paulo e teve muita imprensa, quase toda favorável. Os livreiros de Minas Gerais devolveram o livro como "imoral", mas isso não o preocupou. Animado com o sucesso, Luís mudou-se para um apartamento na rua Santo Amaro, na Glória, defronte do cassino High Life, e começou logo outro romance, também passado na Lapa, *A terra come tudo*. De repente, um encontro casual com Rubem Braga, em novembro ou dezembro, deixou-o em alerta. Segundo Rubem, havia "qualquer coisa" contra *Lapa* no Ministério da Educação.

Luís foi ao Ministério para saber do que se tratava. Carlos Drummond de Andrade, chefe de gabinete do ministro Gustavo Capanema, confirmou a informação de Rubem. Um influente intelectual da praça enviara ao presidente Getúlio Vargas um exemplar de *Lapa*, cheio de rabiscos e exclamações, e uma carta em que o livro era tachado de subversivo e imoral e, o autor, de agente do comunismo internacional. Era uma denúncia perigosa. Apenas um ano antes, em 1935, tinha havido levantes comunistas nos quartéis e o governo continuava prendendo e torturando implicados e suspeitos. (Luís levou quase 40 anos para publicar o nome de seu denunciante: o veterano poeta, escritor e exdeputado Carlos Maul, nascido em Petrópolis, descendente de alemães e autoproclamado fascista.) Getúlio repassara a carta a Capanema, pedindo-lhe um parecer. Este foi escrito por Drummond, assinado por Capanema, e inocentava Luís de alto a baixo, propondo o arquivamento do caso. Luís leu o parecer e se tranqüilizou.

Só que a denúncia não estancou ali. Não se sabe como, o processo chegou à Chefatura de Polícia, cujo titular era o capitão Felinto Muller, também notório fascista, e nem a presença de Agamenon Magalhães na pasta da Justiça impediu que, no decorrer de 1937, o cerco se fechasse sobre Luís. "O Estado Novo se formava sob o meu nariz e só percebi isto muito tarde", ele escreveu no *Noturno da Lapa*. Em outubro daquele ano, Luís publicou *A terra come tudo*, também na Schmidt. Pediu uma licença sem vencimentos ao IAPC e foi descansar na fazenda de Tarsila, a Santa Teresa do Alto, em Jundiaí, no interior de São Paulo. No dia 10 de novembro, houve o golpe do Estado Novo — era a ditadura escancarada. Luís voltou ao Rio, onde soube que fora exonerado do serviço público e que havia um mandado de prisão contra ele, assinado pelo general Newton Cavalcanti. Não teve mais dúvidas. Despachou seus papéis, livros, quadros e o cavalete de Tarsila para a fazenda e, em janeiro de 1938, foi para lá de vez, julgando-se a salvo (na verdade, não estava). No Rio, os exemplares restantes de *Lapa* foram apreendidos e incinerados. E *A terra come tudo* morreu de morte natural, quase no ovo, antes que se pudesse avaliar suas qualidades. O resto da história está contado no *Noturno* e, com mais detalhes, em *Um bom sujeito*, livro póstumo de Luís, lançado em 1983 pela Paz e Terra, dois anos depois de sua morte aos 74 anos.

Para mim, *A terra come tudo* faz um par perfeito com *Lapa*. Luís Martins iria repudiar esse romance ("malfeito, mal construído, mal concatenado, mal pensado"). Mas Luís também não gostava muito de *Lapa* ("mal realizado, cheio de palavrões inúteis"). Nos dois casos, foi injusto — por modéstia ou, talvez, pelo fato de os dois livros estarem associados a um período tão amargo de sua vida. Tanto que não se interessou em republicá-los quando veio a redemocratização em 1945.

A terra come tudo é quase um capítulo autônomo de *Lapa* — um capítulo que tivesse crescido demais (208 páginas) e se transformado em livro. É mais bem escrito, principalmente da metade para o fim, com algumas passagens belíssimas, como o velório de Álvaro, o último encontro entre Victor e Sonia e o delírio de Victor no fim. Sim, é também uma história de prostitutas, embora, basicamente, somente de uma: Sonia — inspirada, segundo ele, numa garçonete judia que conheceu no Túnel da Lapa, na rua Visconde de Maranguape. E o livro contém muito "mais

Lapa" do que o anterior. Mas, no final da história, o protagonista já está morando em Copacabana ("num oitavo andar"), com o mar à sua frente e os carros e ônibus passando lá embaixo. Tivesse o romance continuado, Victor já não iria tanto à Lapa — deixar-se-ia ficar ali mesmo em Copacabana, com seus dois novos cassinos, ou iria à Urca, onde havia outro, até mais célebre. A Lapa se tornava "o Rio noturno, sem praia e sem verdadeiro amor".

Da forma como as coisas se deram na vida real, Luís não foi para Copacabana, mas também não voltou à Lapa. Ficou de vez em São Paulo, morando na fazenda e na cidade com Tarsila. Ela o apresentou à pintura moderna e ele fez de si mesmo um importante crítico de arte. Viveram juntos 18 anos — relacionamento que explodiu (não com um estouro, mas com lágrimas de todos os envolvidos) quando Luís conheceu Anna Maria Coelho, prima de Tarsila em segundo grau e dezessete anos mais nova do que ele. Ao se permitir esta segunda e ainda mais fulminante paixão (que não estava buscando nem esperava), teve de enfrentar a brutal oposição dos pais de Anna Maria. Entre as várias acusações que estes lhe faziam (como a de ter sido "amante de Tarsila"), uma parecia pesar especialmente: seu passado boêmio, sua juventude entre uísques e mulheres. Era a Lapa que lhe estava sendo atirada ao rosto, com o som de uma chicotada — "Lapa!".

Não importava que há muito ele se tivesse tornado um dos intelectuais mais sóbrios e respeitados de São Paulo, um homem querido em duas cidades e com livre trânsito em diversas esferas do poder — embaixadores, ministros, desembargadores, políticos, acadêmicos, entre os quais, comicamente, estavam vários de seus contemporâneos na Lapa. Mas o massacre a que o submeteram, aliado à dor que isso provocou nas duas mulheres, não teve nada de cômico — Luís chegou a cogitar até de se matar. (O desdobramento dessa história e seu final feliz estão contados no magnífico *Aí vai meu coração — As cartas de Tarsila do Amaral e Anna Maria Martins para Luís Martins*, editado em 2003 por Ana Luísa Martins, sua filha com Anna Maria.) E, em 1964, a publicação do *Noturno* valeria por um ajuste de contas com o passado.

No Rio dos anos 1930, as noites terminavam na Lapa. Na vida de Luís Martins, *Lapa* marcou o fim de uma época e o começo de outra. Mas nada termina de verdade. Nem a Lapa, que, dada como morta, salvou-se por milagre, iluminou-se, encheu-se de música e, quem diria, voltou a pertencer a quem tem hoje 20 anos.

Ruy Castro é lapiano de coração. Seu pai morou na Lapa de 1929 a 1947 e manteve com sua mãe uma pensão familiar diurna nos anos 1940, no sobrado anexo ao antigo Cabaré Brasil (onde hoje funciona o restaurante Ernesto), no largo da Lapa, defronte da igreja. O próprio Ruy deixou de nascer na Lapa por questão de meses.

UMA BIBLIOGRAFIA DA LAPA

Almirante. *No tempo de Noel Rosa*. Rio, Francisco Alves, 1963.

Andrade, Moacyr. *Lapa*. Relume Dumará, Rio, 1998.

Cezar, Paulo Bastos (org.). *Arcos da Carioca — Em cinco momentos de sua história*. Rio, IplanRio, 1988.

Couto, Ribeiro. *A cidade do vício e da graça*. Arquivo Público da Cidade do Rio de Janeiro, 1998.

——. *Maricota, Baianinha e outras mulheres — Antologia de contos*. Rio, Topbooks/ Academia Brasileira de Letras, 2001.

Damata, Gasparino (org.). *Antologia da Lapa — Vida boêmia no Rio de ontem*. Rio, Codecri, 1978.

Deodato, Alberto. *Roteiro da Lapa e outros roteiros*. Belo Horizonte, Itatiaia, 1960.

Di Cavalcanti, Emiliano. *Viagem da minha vida — Memórias*. Rio, Civilização Brasileira, 1955.

——. *Reminiscências líricas de um perfeito carioca*. Rio, Civilização Brasileira, 1964.

Irajá, Hernani de. *Adeus! Lapa*. Rio, Record, 1967.

Lustosa, Isabel (org.). *Lapa do desterro e do desvario — Uma antologia*. Rio, Casa da Palavra, 2001.

Martins, Ana Luísa (org.). *Aí vai meu coração — As cartas de Tarsila do Amaral e Anna Maria Martins para Luís Martins*. São Paulo, Planeta, 2003.

Martins, Luís. *Lapa*. Rio Schmidt, Editor, 1936.

——. *A terra come tudo*. Rio Schmidt, Editor, 1937.

———. *Homens e livros*. Imprensa Oficial do Estado de São Paulo, 1962.

———. *Noturno da Lapa*. Rio, Civilização Brasileira, 1964.

———. *Um bom sujeito*. São Paulo, Paz e Terra, 1983.

Máximo, João, e Didier, Carlos. *Noel Rosa — Uma biografia*. Brasília, UnB, 1990.

NOTA ABSOLUTAMENTE NECESSÁRIA

Todo romance, em geral, não precisa de prefácio: os autores só o fazem por teima ou por hábito. Este não. Esta nota inicial é absolutamente necessária.

Vou dizer por quê:

Atraída pelo nome, pela brutalidade da linguagem, pelo realismo cru de alguns detalhes, muita gente é capaz de julgar este livro uma obra pornográfica e excitante para adolescentes, que passou de moda, desmoralizada por Dekobra, Victor Marguerite e Pitigrili.

E é para prevenir este equívoco que eu me postei prudentemente aqui, na primeira página, como um inspetor de tráfego, a apontar o caminho. Quem quiser ler o romance, não leia enganado.

Lapa é um livro sério, sério demais mesmo. É uma crônica trágica da prostituição carioca, da Lapa e do Mangue, onde uma humanidade condenada vive a vida mais desgraçada e mais humilde.

É lógico que o tom deste livro tinha de ser brutal. Por demais. O amor, nestas páginas, não tem lirismo nenhum, é a tragédia quotidiana, e a mulher não é nenhum tema poético, mas uma vítima aniquilada e sem protesto.

Muita gente duvidará, talvez, que se trate de um romance. Digam que é reportagem. Reportagem no gênero dos livros sensacionais de Albert Londres, como *Le chemin de Buenos-Aires*, que eu só li, aliás, quando este já estava acabado.

Acrescentarei mesmo que os grandes romances que focalizaram a prostituição como tema social ou sentimental não influíram na minha obra. Só os li, propositadamente, depois de já ter entregue os originais de *Lapa* ao editor. Não queria me impressionar com uma literatura que fatalmente me empolgaria e me desviaria de uma rigorosa necessidade de realizar um simples depoimento.

Ainda uma palavra: os espíritos excessivamente imaginosos que quiserem ver neste livro uma autobiografia, enganam-se redondamente. Minha vida, muito menos interessante do que a do personagem principal, dela difere por completo. Mesmo, talvez, o que possa haver de falso e de fraco no livro é a ausência de "experiência": vi tudo "de fora", como um cronista curioso, sentindo o drama como um espectador comovido, talvez excessivamente comovido, porque eu era então muito jovem e demasiadamente sentimental.

Entretanto, *Lapa* é um livro de sincera e amarga revolta, e é esta a sua única qualidade que eu desejaria ver reconhecida.

L.M.

PRIMEIRA PARTE

PRIMEIRA PARTE

1

Cinco horas da manhã, depois de uma noite perdida nas pensões do amor barato. Amanhecia. Eu ia amolado da vida, com o gosto de um bruto começo de ressaca me estragando a madrugada.

Num botequim da rua da Lapa, onde parei para comer um sanduíche, uma mulher muito estrompa ceiava com quatro sujeitos bêbados. O mais moço, louro e pálido, ela acariciava sonolenta, dando comidinha na boquinha dele, "coma meu benzinho, coma este pedacinho de omelete", com uma voz que aumentava loucamente o meu enjôo matinal.

Saí. O céu clareava por cima das casas. As lâmpadas das ruas se tinham apagado, mas alguns botequins estavam abertos, iluminados, com a freguesia da madrugada, mulheres de volta dos cabarés, gigolôs, homens equívocos, donas de pensões gordas acompanhadas dos rapazinhos que levam o cobre.

Peguei a caminhar um pouco ao acaso, começando a querer vomitar as delícias e os sonhos da noite... Subi a rua Joaquim Silva, pra fazer tempo. Estava escuro ainda. No começo, não vi ninguém, mas depois notei uma mulher sozinha no meio da rua. Percebi logo que era velha e gorda. Fui andando sem ligar, mas, ao passar por perto da mulher, ela me agarrou.

— Que é isso? — perguntei.

— Vamos, entra — respondeu.

Falava em voz baixa, rápida, surda, de comando e de súplica. Não tive bem tempo de raciocinar, fui empurrado para uma porta que se fechou sobre mim. Então, reagi. Na certa, aquela velha estava pensando que eu era trouxa, que ia com ela, com aquela cara! Fui tratando logo de dar o fora:

— Não. Espere aí. Não vou com você não...

— Por quê?

Acendeu uma lâmpada. Era a mulher mais estragada do mundo, flácida, sem dentes, ridícula, com suas rugas maquiadas e os seus cabelos pintados. Recuei.

— Não. Não posso.

— Mas por quê?

— Porque não posso.

— Vem, meu filhinho. Você vai ver como eu sou gostosa na cama. Não parece, mas sou. Quer ver?

Começou a querer tirar a saia.

— Não! Não! — interrompi — Não tire. Não posso ir com você, é inútil...

— Mas por que não pode? Pode sim. Você vai ver, eu sei fazer muitas coisas...

Era horrorosa.

— Não posso. Não tenho dinheiro.

— Não tem? Não faz mal, eu gosto de você. Paga qualquer coisa. Dez mil-réis, não tem?

— Não, não tenho.

— Dá cinco, então, eu gosto de você. Faço o que você quiser por cinco mil-réis...

Mas nem ainda pago por cima eu iria com ela. Fui saindo. Atracou-se comigo.

— Não vá... Não vá! — sua voz era aflita. — Olha, belezinha, estou apaixonada por você. Não quero que você vá se embora. Fica comigo, dorme comigo, você vai ver como é gostoso. Dá só três mil-réis, pronto! Também três mil-réis não diga que você não tem.

Foi uma verdadeira luta. Eu já estava era com medo. Aquela bruxa bem que era capaz de me beijar com sua falta de dentes. Aterrorizava-me pensar no contato daquela carne cansada na minha carne. Dei um arranco pra sair. Ela compreendeu que não havia jeito. Empurrou-me com raiva:

— Vai! Vai!

Mas quando eu já transpunha a porta da rua, acrescentou:

— Deixa ao menos uma mascote pra mim. Dez tostões...
Atirei-lhe a moeda. Na rua, vomitei.

* * *

Essa aventura, tão distante, nunca mais saiu da minha memória. A vida, naquele tempo, tinha para mim o sabor das revelações.

* * *

Tivera a primeira namorada vampiro aos dezesseis anos. Antes, pequenos amores platônicos e prostitutas. E também uma negra empregadinha de nossa casa.

Não vou contar aqui os meus amores platônicos — tive alguns e até profundos —, mas este teve importância, porque exerceu uma influência muito grande na minha vida.

Imaginem que eu era um rapazola tímido, sonhador e melancólico, e qualquer mulher que trouxesse um pouco de amplidão nos olhos, pronto, já me lançava no engano: era ela a Esperada.

Ora, Lili — nome burro como um trocadilho, vejam — tinha dezenove anos (mais três do que eu), uma ardente e impetuosa vontade de se desfazer da incômoda virgindade e, além de tudo, era minha vizinha.

Nós morávamos numa chácara muito grande, num arrabalde afastado da cidade.

Eu namorava Lili com os gestos e intenções dos cavalheirescos personagens dos romances que lia então. Era ridículo. Ela queria era gozar, mas eu nem por nada podia perceber isso. Iniciei-me no mistério tão simples dos beijos numa noite em que a beijei liricamente nas faces. Antes disso, só tinha beijado prostitutas de cinco mil-réis.

— Deixe-me beijar. Deixe...

Ela ia para dentro. Era no quintal, às nove horas da noite. Estava escuríssimo. Ela deixou. De repente, quando eu menos esperava, à traição, virou-se e lascou-me um chupadíssimo beijo na boca.

Daí por diante, eu não queria outra vida. Uma vez — me lembro — a família dela toda saiu e Lili ficou só em casa.

Nesse tempo — estamos ainda nos dezesseis anos — eu terminava os meus preparatórios. Pois faltei ao curso nesse dia e meti-me em casa dela.

Lili arranjara um meio de dispensar os empregados. A casa estava completamente vazia. Sentada numa *chaise-longue*, na varanda dos fundos, Lili conversava comigo. Puxava assuntos picantes e eu desviava a conversa, com a cândida besteira dos meus pobres dezesseis anos sentimentais. De repente, parou de conversar e recostou a cabeça para trás, fechando os olhos.

Levantara a saia, deixando as coxas completamente nuas. Eu olhei. E tive uma impressão desagradável, garanto. Lili era, para mim, a mais pura das donzelas, mais pura do que todas as heroínas reunidas de Macedo e de Alencar. Como podia ser aquilo?

 Desviei os olhos. Lili abriu os seus. Seu olhar brilhava. Suspendeu mais a saia, nas minhas barbas, ostensivamente. E perdeu completamente a compostura:

 — Vamos lá dentro, vamos...

 — Lá dentro, onde?

 — No quarto de papai. Vamos.

 — Mas fazer o quê?

 — Ver a cama. Você vai ver que cama bonita. E é larga, boa... Vamos ver.

 — Não... Não posso...

 — Mas por quê?

 — Você sabe... Não posso. Você não compreende essas coisas. Você está sozinha em casa. Não fica bem. Você é muito inocente, não entende disso...

 Lili fixou-me um olhar de intraduzível ironia.

 Falei, então, para passar o tempo e o meu constrangimento, em coisas líricas, idiotas e sentimentais, enquanto a tarde desaparecia nas primeiras sombras da noite. A família dela nada de chegar. Despedimo-nos para o jantar. Comi com impaciência e, assim que acabei, pulei a cerca ansioso e corri para a *chaise-longue*.

Quase que Lili engulia a minha língua.

* * *

Houve a intervenção de meu pai.

Chamou-me. Proibiu-me, em tom severo, que voltasse para junto de Lili. Mamãe apoiava-o. É que eles tinham visto tudo, da varanda da nossa casa.

Gritei, chorei, esperneei, arranquei os cabelos, falei coisas desesperadas no estilo dos heróis de romance quando são metidos em calabouços sombrios para toda a vida. Inútil! Ninguém se comoveu e eu não voltei nessa noite para junto da minha namorada.

* * *

No dia seguinte, procurei Lili.

Recebeu-me com um ar maravilhosamente sarcástico, que me abateu:

— Você não deve mais falar comigo. Seu papai não quer... Eu sou um bicho-papão, posso comer o menino...

— Mas Lili!...

Não houve jeito. Ela não queria mais saber de mim.

Caí então numa crise de profundo abatimento. Ia me suicidar. Deixei de comer e passava as noites chorando, desesperado. Desinteressei-me por tudo.

Emagreci ainda mais.

Duas semanas depois, num domingo, mamãe me chamou, para mostrar Lili passeando com um novo namorado. Era um rapagão alto e muito almofadinha. Olhei sem demonstrar a menor emoção:

— Anh!...

Voltei para dentro. Estava aniquilado.

* * *

Papai alarmou-se. Aquilo não podia continuar. Procurou um primo nosso, muito farrista, que vivia em pensões de mulheres e cabarés e pediu-lhe que me levasse com ele para me distrair. Julgava tudo, talvez, uma simples necessidade sexual, sem saber que desde os quatorze anos eu freqüentava meretrizes de cinco mil-réis.

Passei, então, com meu primo, a freqüentar um *rendez-vous*, onde os meus pálidos e melancólicos dezesseis anos despertaram logo o desejo de algumas raparigas.

2

Entrei na "pensão" com mais dois amigos. Tinham decorrido uns anos depois daquela primeira crise adolescente que, aliás, passara com rapidez logo nos primeiros dias de convivência com as prostitutas do *rendez-vous*.
Entrei na "pensão", devia ser meia-noite. Tínhamos vindo de um cabaré onde bebêramos cerveja.
A gerente, espanhola gorda, cumprimentou:
— Boa-noite, senhores.
— Boa-noite.
— Não querem sentar para tomar qualquer coisa?
Sentamo-nos. A "pensão" era modelar. Quando um "freguês" entrava, embaixo, o porteiro apertava uma campainha elétrica. Em cima, na sala, dava o sinal.
As raparigas que estavam conversando ou bebericando só para passar o tempo, nas mesas de indivíduos que evidentemente não "iriam" com elas, pediam licença, levantavam-se rapidamente e perfilavam-se numa série de cadeiras encostadas a uma das paredes, todas apresentando o sorriso profissional. O "freguês" chegava. Se escolhia

alguma, as outras saíam de forma, voltando à posição primitiva. Se não escolhia nenhuma e só entrava para beber, a mesma coisa.

Aquela disciplina militar me fazia mal.

De instante a instante, a campainha tocava. De instante a instante, aquela manobra.

O José, garçom, português quarentão e cansado (como vai, José?), olhava tudo aquilo com um bruto desprezo e não fazia a menor cerimônia para expor a sua opinião bem pouco lisonjeira sobre o ambiente em que vivia.

— Olha esse troco, José. Essas notas estão boas?

— Ora se estão. Tudo isto é dinheiro de trepada!...

— Você dorme aqui?

— Eu? Deus me livre. No meio dessas mulheres sifilíticas?

As raparigas ouviam aquilo indiferentes, sem o menor sinal de revolta ou de mágoa. Era como se estivessem bem distantes.

* * *

José era talvez o único garçom de bordel que não era fresco. Todos os outros eram.

Havia — e deve haver ainda — o Joãozinho, pequenino e saltitante, com uma jaqueta bem curta para mostrar as nádegas; o célebre Manuel, o mais alinhado, falando francês e bancando o *gentleman*; a pensão em que trabalhava — diziam até que era sócio — era a mais cara de todas; um preto repelente, de quem não me lembro mais o nome, viscoso e dengoso, falando com a doçura de uma virgem; um outro, de cabelos grisalhos, de fisionomia respeitável, mas tão ordinário como os colegas, que ficava na porta da pensão pegando homem pra ele e para as mulheres; enfim, quase todas as pensões tinham um efebo desses.

O Jayme era um dos mais gozados pelo cinismo.

— Como é, Jayme? É verdade que todos os garçons dessas pensões por aí são veados?

— Se são!...

— Isto é, menos você...

— Eu? Eu também sou. Então não vê logo...

Certa noite, na pensão de Mme. Ninette, estava eu sozinho a uma das mesas, tomando cerveja. Era mais de meia-noite. Perto da vitrola, a Nair conversava com um gigolô sonolento, esperando que chegasse mais alguém para depois então ir dormir. E um rapazola magro bebia cerveja numa das mesas próximas à minha, conversando com Mme. Ninette. Eu ouvia:

— Olhe, madame. Dou-lhe os meus parabéns. A senhora está agora com mulheres muito boas. Meus parabéns.

— Muito obrigada.

— É verdade sim, madame Ninette. Olhe, com a graça de Deus, a senhora vai ver como a sua casa progride. A senhora merece, pelo seu esforço. Peço a Deus Nosso Senhor que faça tudo ir para diante...

Sei lá se Deus ouvia aquela súplica para fazer progredir uma casa de prostituição. Sei que o negócio prosperava cada dia mais.

* * *

Lia sentou-se junto de mim. Era a mais bonita das raparigas da pensão, alta e magra, com uns belos olhos verdes e uns dentes perfeitos.

Meus amigos tinham subido com outras duas raparigas.

— Você quer ir comigo?

— Não.

— Por quê?

— Só se for para dormir.

— Pois então vamos dormir.

— Mas só dou vinte mil-réis. É só o que tenho.

Ela encarou-me sorrindo:

— Você pensa que eu preciso de esmolas?

— Então não quer?

— Não.

— Mas que é que você não quer: dormir ou o dinheiro?

— Não quero o dinheiro.
— Ahn!...
— Você sai e vem depois, quando for três horas. Agora é cedo.

* * *

Voltei às três horas. Ela já estava no quarto me esperando. Era um quarto grande, com quatro janelas, no primeiro andar. Dava uma impressão confusa de conforto, com certa elegância de mau gosto.

Uma cama turca macia, baixa, ampla; a um canto, um guarda-roupa moderno, atrás do qual ficava o bidê; um tapete amaciava os passos de tantos homens que passavam por ali. Três abajures — um com lâmpada azul, outro com lâmpada verde, outro vermelha — faziam penumbras de diversas cores para o gosto vário dos clientes. Uma mesinha pequena de cabeceira, com telefone. Na parede, um tecido, com a reprodução do *Grito do Ipiranga*, de Pedro Américo, além de uma infinidade de artistas de cinema e de vários nus em poses provocadoras. Uma penteadeira baixa, com uma bateria de vidros de água-de-colônia. Algumas almofadas, um cheiro esquisito, misturado, de perfumes e de esperma, um quarto bem característico de prostituta de vinte mil-réis, sem coisa nenhuma de notável ou de diferente.

Despi-me e deitei-me.

— Espera — disse Lia, com uma camisa-de-vênus na mão.

Estranhei:

— Mas então você não tem confiança em mim?

— Tenho sim.

— Não parece.

— Não é isso... É justamente porque eu gosto de você.

— Ah! — senti o sangue gelar-me nas veias. — Você está doente!

— Não, não estou. Mas vou botar isto por cautela. Quem pode saber se eu tenho qualquer coisa que não apareceu ainda? Vou por dia com tantos homens!

* * *

Ficamos conversando longo tempo:

— Você como se chama?

— Paulo.

— Isto eu sei, ora. Mas Paulo de quê?

— Paulo Braga.

— Você é estudante, não é?

— Sou.

— Por isso é que anda sempre pronto...

Apagou a luz elétrica. Uma lamparinazinha cacete ficou incomodando-me os olhos.

— Por que você não apaga aquilo também?
— Dormir no escuro?!
Seu rosto pálido tomou uma expressão de terror. Vim depois a saber que é raríssima a mulher da vida que dorme sem luz nenhuma no quarto.

Aliás, vim a saber também de coisas mais curiosas. Eu sabia, por exemplo, que Lia gostava de mim. Mas o fato de dormir comigo de graça podia ser amor e podia ser medo. Foi a Rosinha, de outro bordel, quem me explicou isso, alguns meses depois.

Era muito do meu hábito, em vez de ir beber ou dançar nos cabarés, ficar bebendo cerveja nas pensões, cujo ambiente me fascinava.

Eu estava assim, sozinho, certa madrugada — devia ser duas horas —, nessa pensão. Não havia mais homem nenhum, a não ser eu. Quinquin, o garçom, passeava de um lado para o outro, batendo com o guardanapo nas pernas.

Várias das mulheres da casa conversavam, comentando o mau dia. Então a Rosinha, rapariga oxigenada, veio do quarto, sentou-se e começou a conversar.

Em certo momento, falaram num sujeito que era gigolô não sei de quem.

— Aquilo é um safado! — disse Rosinha. — Eu conheço bem ele. Vocês querem saber que é que ele faz pra dormir com mulher e ainda ganhar dinheiro por cima?

Todos queriam saber. Até eu.

— Pois é. Ele vai, assim pelas duas, três horas, pras casas onde tem rapariga sem amigo. Chega lá, a mulher quer ir dormir mas está com medo de dormir sozinha. Ele pergunta pra ela: "Como é, você quer ir dormir comigo, eu vou; mas passa dez." Ora, mulher tem mesmo é medo de dormir sozinha, vai logo.

Deu uma tragada no cigarro e continuou:

— Quando eu estava sem amigo, cortava uma volta pra arranjar companheiro pra dormir. Uma vez, fiquei na porta até quatro horas da manhã pra pegar o primeiro homem que passasse pra dormir de graça. Peguei um diabo dum velho brocha, mas fui assim mesmo. Pois o sacana do velho bancou o meu gigolô naquela noite!

As mulheres caíram na gargalhada.

Muitas vezes é esse medo de dormirem sós, que domina todas as prostitutas, que as leva ao homossexualismo, quando ficam muito tempo sem amantes.

* * *

Aliás, Rosinha era muito pitoresca. Vangloriava-se, como boa profissional, de ir com muitos homens por dia, sem cansar.

* * *

Lia tinha uma história que não era nem alegre nem triste. Era assim mesmo. Uma história vulgar de prostituta. Musiquinha sentimental cantada por Tito Schipa na vitrola às três da madrugada. Tem lágrimas, tem drama, tem grotesco, tem poesia e tem beleza. Tem de tudo, coisas variadas e baratas, como numa loja de nada além de dois mil-réis.

Tinha dezenove anos. Contava-me que viera para o Rio com dezessete anos apenas e as outras mulheres da pensão para onde fora aproveitavam-se da sua inexperiência. Davam-lhe até pancada. Sua vingança era chorar escondida, só, absolutamente só na vida, sem nem um refúgio ou um apoio.

Era ainda uma criança. Contava:

— Ih!... Eu chorava, que você nem imagina! Depois peguei uma doença, porque uma rapariga que não gostava de mim mandou eu ir com um homem que estava doente.

— Como foi que você se tratou?

— Foi um buraco. Nesse tempo eu já tinha juntado um pouco de dinheiro. Foi-se tudo e tive de começar a vida de novo.

Foi o José, o garçom, quem lhe aconselhou a não apanhar das mulheres sem reagir. Um dia, ela pegou uma briga com a Henriette, uma francesa de olhos grandes, e foi uma coisa tremenda. Lia arrumou com o feixe de chaves na cabeça da francesa e abriu-a. Foi à polícia, foi o diabo, mas daí por diante pegou fama de valente e as outras mulheres não se aproveitaram mais dela.

Pensava que era uma rapariga despachada e audaciosa e, entretanto, era humilde. Perguntou-me uma vez se eu não a levaria ao cinema. Eu disse que sim.

— Qual — replicou ela —, você lá tem coragem de sair comigo na rua!... Vocês todos são assim. Querem é dormir de graça, mas têm vergonha de se apresentar com a gente diante dos outros.

Aquilo me comoveu. Levei-a a um cinema da Cinelândia.

* * *

Pobre Lia! Ela me amava, tenho a certeza. Mas eu procurava qualquer coisa que ficava acima das suas possibilidades, e a culpa não era dela.

Procurei em tantas mulheres o infinito, o vago, a coisa sem solução e sem causa que era o meu amor. Procurei e não achei. Lia era uma pobre prostituta que só possuía a miséria já gasta do seu corpo. E essa inutilidade me dava raiva e revolta.

3

Quando os cabarés se abriam, começava a vida aventureira dos rapazes pálidos, perdidos miseravelmente no sol anêmico das lâmpadas elétricas dos cafés. Eu freqüentava os bares alemães, bebia chope, fumava que não acabava mais, esforçando-me heroicamente por não pensar, ruminando a minha amargura de ser só e ser inútil.

A vida era um panorama pálido. Eu, homem oscilante e de transição entre dois mundos, morria quotidianamente sem esperanças, porque não descobrira o sentido profundamente humano do meu tempo, onde os homens são heróis em luta permanente.

Ninguém chegara na minha vida, nada acontecera no meu passado. Eu não era triste por programa, mas vivia, com franqueza, sem grande *élan*, aceitando resignadamente a minha solidão e o meu desencanto.

Não me importunavam conceitos de moral nem a opinião das outras pessoas. Bebia chope até tarde nos bares melancólicos e depois ia dormir com Lia.

* * *

Uma noite, a gerente veio me dizer, muito aflita:
— Imagine o que aconteceu? Mme. Ninette foi presa.
— Por quê?
— O delegado. Porque o rádio estava tocando alto.
Veio Madô. A gerente contou a ela a mesma história em francês. Madô comentou lacônica:
— *Merde*!
A gerente continuava aflita, perguntando várias vezes a mim e traduzindo logo a mesma pergunta em francês para a Madô:
— E agora? Que é que se vai fazer?
Chamou o porteiro. Ele veio e explicou:
— O pessoal da polícia saltou ali do automóvel e eu logo dei o sinal de delegado. Mas este diabo dessa campainha está estragada. Por isso foi que ninguém ouviu.
A gerente tornou a virar-se pra mim:
— E agora? Que é que se vai fazer?
Diabo! Eu conhecia, por acaso, o delegado. Mas iria intervir num caso daqueles? Que é que ele ia pensar de mim? Não. O melhor era ficar quieto. Fiz-me de desentendido.
— Bem. Até logo — fui saindo.
O porteiro já descera novamente e estava crente de que eu tinha um bruto prestígio. Foi-me fatal essa crença. Porque o bandido melou um sorriso amabilíssimo pra me perguntar:

— Como é, doutor? E eu hoje não tomo café? Dei-lhe dez tostões.

* * *

— Sabe de uma coisa? — Lia falando comigo na cama.
— A Madô me disse que você tem cara de cafetão.
— Será?
— Fala com franqueza: você não é?

Eu ficava severo, não admitindo insinuações. Mas, de vez em quando, Lia voltava ao assunto. Olhava-me às vezes longamente, como se estudasse a minha fisionomia. De repente:

— Qual! Então eu acredito que você, com essa carinha, não leva mesmo dinheiro de mulher?
— Já disse a você que não quero isto!
— Olha, a Madô conhece bem essas coisas. Todo dinheiro que ela ganha manda pro amigo na França. Eu já tive um gigolô que levava dinheiro. Dava cinqüenta mil-réis pra ele, por dia.
— Todas as francesas daqui têm *maquereau*?
— Todas, não. A Giselle não tem. A Giselle foi a mãe dela que trouxe pro Brasil. A mãe também trepa.

Giselle era a mais sentimental das francesas que eu já vi. Eu tinha a impressão de que gostava de mim. Afinal, aquelas pobres mulheres eram seres humanos, capazes de amor, um amor que não representava nada para mim, mas era tudo que elas podiam dar. Uma vez, ela apertou a minha mão com força, na escada, com o jeito bobo de uma *jeune fille* em seu primeiro amor. Mas eu era o amante de Lia e uma prostituta que se preza não vai com o "homem" da outra.

* * *

Briguei com Lia porque não queria ser um *maquereau*. Ela começou insinuando e acabou oferecendo-me francamente dinheiro. Dizia querer me ver sempre de camisa de seda. Recusei terminantemente. E perdi a amante.

O tempo correu. Eu andava sem mulher e, certa tarde, com um bruto desejo sexual e muito pouco dinheiro, fui ao Mangue, onde as blenorragias custam só cinco mil-réis.

Passeava muito bem pelas ruas entupidas de machos, sem saber que mulher escolhesse, quando, numa rótula, quem vi eu? Pois Giselle, a francesinha sentimental da pensão.

— Você?

— *Oui*...

Parei, ela segurou-me as mãos e ficamos bestamente olhando um para o outro.

— Abre a porta.

— Mas... Você quer vir comigo?
Olhava-me, com hesitação. Danei:
— Mas tu não queres? Por quê?
— É que.... Escute... Você não tem amante nenhuma aqui no Mangue?
— Não tenho não. Que idéia!
— Oh! Você!...
Como quem diz: "Oh! Contigo, a gente tem sempre que tomar precauções!"
Entrei. A rapariga fugia obstinadamente a todas as carícias. Fiquei safado. Por que me evitava tanto?
— *Allons, vite, vite...*
Falava nervosamente, sem me olhar. E eu fui, *vite, vite...*
Mas ao primeiro contato da minha carne na sua, ela teve uma crise de lágrimas que me deixou estonteado. E me amou furiosamente histérica.
Ao sair, tive pena dela.

* * *

Tive pena, mas voltei ainda algumas vezes. Dormi com ela. E, numa noite de chuva, sem sono, na cama, ouvi um diálogo, que vinha, no silêncio, do quarto vizinho. Assim:

* * *

— Apaga a luz.

Lá fora chovia.

Depois de um longo silêncio, ele perguntou, no escuro riscado das goteiras embaladoras do sono:

— Por que você chorou?

— Não chorei. Quem lhe disse isso?

— Pareceu-me.

— Aqui ninguém chora. Não temos tempo.

— Ahn!...

No outro quarto, uma lâmpada acendeu. Falavam, em tom de briga, uma mulher — a dona do quarto — e um homem — um homem qualquer. Uma porta batida com estrondo e uns resmungos amargos da mulher fizeram o epílogo da disputa banal.

Depois, o silêncio tornou a chorar na única voz monótona das goteiras e o sono vestiu-se de preto no prostíbulo miserável.

Voltei a ouvir o diálogo anônimo.

— Por que você pensou que eu estivesse chorando?

Falavam baixinho, tão baixo que as próprias palavras eram sugestões de confidências. Havia um gosto de soluços sufocados no sofrimento das vozes abafadas. Ela continuou:

— Você já gostou de alguém?

— Não me lembro... — respondeu o homem.

— Não vale a pena...

— Por quê? Você brigou com o amigo?
— Não... Não tenho amigo...
— Mas houve um caso... — ele insistiu.
— Vamos dormir.
— Ele deu o fora?
— Por que você quer saber?
Pequeno silêncio. Ela mesma falou:
— Ele é um rapaz que você nem imagina. Se eu contar, ninguém acredita. Um rapaz distinto mesmo...
— E depois?
— Um dia, veio ver isto aqui... Veio na farra, com os amigos... Tão bonitinho ele era!... Chamei ele e a gente ficou conversando na porta. No dia seguinte, voltou e entrou comigo. Eu nunca tinha gostado de ninguém, palavra!...
— Gostou dele?
— Gostei sim.
— E ele?
— Me disse que estava noivo e era bem empregado aí num jornal, sabe? Mas, um dia, brigou lá, saiu, perdeu tudo, ficou pronto e a noiva até deu o fora nele.
— E ele continuou vindo aqui?
— Continuou.
— Mesmo sem dinheiro?
— Então!... Eu é que passei a dar dinheiro a ele. Todas as noites. Me disse que tinha vendido os livros, que não

sabia como havia de ser, que estava com vontade de dar um tiro na cabeça. Então, eu dava sempre o que podia arranjar pra ele.

— E depois, como acabou?
— Ele arranjou outro emprego em outro jornal, muito mais importante. Agora é secretário, parece. Não tem secretário de jornal?
— Tem.
— Pois é. E a noiva fez as pazes com ele outra vez.
— E ele deixou você?
— Deixou.
— Sem pagar o que devia?
— Deu cem mil-réis e disse que paga o resto depois.
— É sempre assim... É capaz até de nem pagar...
— Mas eu não dei o dinheiro pra ele pagar!
— Sim... Eu sei... Que é isso? Você está chorando?
— Não...
— Está sim. Meus dedos molharam-se no seu rosto...
— Que mania!

No escuro todo igual, a voz do homem furava o silêncio com indiferença:

— Como é que você veio parar aqui?
— À toa... Um rapaz... Coisas...
— E você entregou-se a ele sem o amar?
— Pra quê?

— É verdade.

E depois de um silêncio, recomeçou:

— Você tem mãe?

— Tenho sim. Mas que homem horrível, você! Pra que essas perguntas todas?

— Pobrezinha!

— A gente já vive aborrecida e vem você fazer vontade da gente chorar. Isto tudo é muito triste e não vale a pena... Não vale a pena... Viu?... Você me fez mesmo chorar!...

* * *

(As goteiras pareciam cabecear de sono. A noite não acabava mais.)

SEGUNDA PARTE

SEGUNDA PARTE

1

O baixo meretrício carioca principiou judeu-polonês. As mulheres importadas nos tempos pré-históricos da prostituição da cidade eram escravas da já célebre organização semita de proxenetismo com que as polícias do mundo ainda não conseguiram acabar.

Segundo os cronistas do tempo do Império e dos primeiros anos da República, elas viviam nas ruas mais centrais da cidade, em estabelecimentos às vezes mascarados de pequenos negócios, como charutarias, que se fechavam com simplicidade cada vez que a proprietária ia lá dentro com um freguês fazer o amor. As francesas eram geralmente *cocottes chics*. As mulatas já principiavam a concorrência, que antes da abolição da escravidão não era possível.

No tempo da minha infância, o baixo meretrício polonês-mulato vivia nas ruas Vasco da Gama e Tobias Barreto. Na rua Silva Jardim, isolava-se a zona francesa de cinco mil-réis. Já começara então o próspero comércio intensivo da *traite des blanches* nas doces terras de Jeanne d'Arc. Na Lapa — beco dos Carmelitas, rua Joaquim Silva e rua Moraes e

Vale —, ficava uma zona melhorzinha, de dez mil-réis. O beco dos Carmelitas era francês; a rua Joaquim Silva, nacional-polonesa e a rua Moraes e Vale, da mulataria. Na Glória, ficava a zona das pensões, começando de vinte mil-réis.

Nesse tempo, as francesas eram importadas em grande quantidade, barateando o produto. Eram as mulheres mais bonitas e mais sabidas, praticavam a prostituição cientificamente e enchiam a cidade, desde o aperitivo caro, nas pensões de cem mil-réis, até os humildes e apressados cinco bicos, na rua Silva Jardim, nos fundos do Teatro São José.

O meu tempo de preparatórios está cheio daquelas visões atormentadoras. Eram bonitas como o diabo, as mulheres da vida, ou assim me pareciam. Ficavam nas portas das casas em toda a extensão da rua. Usavam apenas uma camisolinha justa para cobrir o sexo e o umbigo. Faziam tudo que era gostoso. Eu imaginava o que seria. E passeava de um lado para o outro, sem dinheiro, cheio de febre, de desejo, de temor, de susto, de encantamento, um delírio!

No tempo da minha adolescência, havia uns restos de cafés cantantes na Lapa. Mulheres estrepíssimas cantando ao som de pianos agonizantes. Na rua do Passeio, um vastíssimo bar que era uma tradição da malandragem carioca, todas as noites se enchia de uma multidão tumultuosa, com marinheiros, rapazes farristas, raparigas que faziam a vida na rua das Marrecas. Era o célebre Cu-da-Mãe.

Acabaram os restos de cafés cantantes, mortos pelos bares de garçonetes. Eram vazios e tristes. Um piano, um pianista, mesas e as "artistas". Eram fechados, de forma que nada se visse do exterior. Pronto! O pianista esbordoava o piano. A "artista" vinha para o meio da sala, sorrindo, fazia força para ser graciosa, pegava a cantar um samba, digamos, ou uma valsa, ou outra coisa qualquer. Quando acabava, tinha sempre um porrista para bater palmas solitárias. A rapariga ia dali ao homem que batera palmas e pedia pra pagar um licorzinho. O piano, o pianista, as cadeiras vazias tornavam a mergulhar num sono profundo, no silêncio emoldurando o vozeirão do homem bêbado e as gargalhadas da cançonetista...

Na rua Silva Jardim, há muitos anos — eu era ainda quase um menino —, havia um bar movimentadíssimo. Ficava bem no meio da prostituição e se chamava Bar Cosmopolita. Estava sempre cheio e eu me lembro de que nunca entrei nele à noite com medo dos barulhos freqüentes que saíam lá. De dia, era sossegado. Nesse tempo, a importação de mulheres era feita abertamente e em grande escala para o Brasil. Aquela rua era uma zona francesa e havia sempre, conversando e bebendo tranqüilamente, três ou quatro cáftens. As raparigas ficavam nas portas do próprio bar, pegando fregueses, porque ali era a entrada para os seus quartos, que ficavam nos fundos. A gente entrava pelo bar, via os cáftens reunidos — às vezes uma ou outra mulher com eles — e atravessava uma área cimentada. Os quartos das mulheres davam todos para essa área.

Mas o lugar célebre mesmo da malandragem foi o Cu-da-Mãe. Bar extensíssimo na rua do Passeio esquina de Marrecas, onde hoje existe um café. Era fechado. Todas as noites, principalmente aos sábados e domingos, reunia-se ali uma multidão de gozadores. As raparigas que moravam na rua das Marrecas e que faziam a vida por dez mil-réis iam para ali arranjar homem. Chegavam, passeavam entre as mesas, viam que um homem estava simpatizando, sentavam-se na mesa dele pedindo pra pagar qualquer coisa. Depois saíam juntos. Ou então nem sentavam. Ficavam um pouco por ali e depois saíam pra rua, rebolando provocadoramente. Um sujeito qualquer saía em cima. Iam andando até a casa dela, entravam, faziam o que tinham de fazer e voltavam.

Estava sempre cheio de mulheres o Cu-da-Mãe. Os garçons corriam sem parar, servindo bebidas. Uma charanga tocava. A vida ficava suavíssima para os malandros. De repente, olha o barulho! Pá, uma cadeira voava, uma garrafa dava um salto mortal, quinze mulheres gritavam ao mesmo tempo, cinqüenta braços procuravam aplacar o perigo, um apitinho equívoco estrilava ridiculamente, um revólver — corre gente —, daqui a pouco só se ouvia era um tiro, gritos, um rolo, um tumulto. Tem alguém ferido? Não. A bala pegou na parede. Bem, não há mais nada... Da delegacia perto chegavam soldados retardatários que queriam saber do que tinha havido mas não sabiam de nada... E a vida continuava...

* * *

Um dia, a polícia resolveu localizar o baixo meretrício no Mangue. Foi tudo pra lá. Fechou-se o Bar Cosmopolita, fechou-se o Cu-da-Mãe. As campanhas policiais de repressão à prostituição são periódicas, dependem da sede que dá nos chefes. De vez em quando, ficam severíssimos e as pobres mulheres sofrem um pedaço. Outras vezes, se tornam camaradíssimos e as pobres mulheres começam a invadir a Lapa, a avenida Gomes Freire, as ruas próximas ao Tesouro, como uma infecção que retoma os locais antigamente atacados, ao primeiro descuido de tratamento. Depois, a polícia arrancou as pensões das ruas de bonde e localizou-as ali pela rua Conde de Lage e proximidades.

A importação de francesas diminuiu muitíssimo, estando hoje quase extinta. Não pelas medidas adotadas pela polícia, mas porque, com a queda da nossa moeda, o Brasil tornou-se um mercado indesejável para os cáftens. Só os judeus continuam a trazer, de Buenos Aires para o Mangue, as pobres polacas que já não dão mais nada na Boca. Assim mesmo, as francesas que ainda estão aqui "fazendo a vida" ativamente mandam tudo que ganham para os *maquereaux* na Europa. Mas são muito raras.

Algumas envelheceram no *métier*. Envelheceram e ganharam dinheiro. Imprestáveis para o amor, resolveram empregar a longa experiência impulsionando a indústria nacional. São hoje donas de pensões e ensinam as brasileiras a praticar os *raffinements* que as tornavam antigamente tão procuradas.

Agora, de vez em quando cogitam as autoridades de nova localização do meretrício, num ponto mais afastado do centro. Já se pensou até numa ilha.

Com isso, julgam estar cuidando seriamente de um dos problemas sociais mais complexos do mundo, desde que ele existe...

2

Tinha sido minha namorada. Estas coisas acontecem.

Foi num carnaval. Odette era uma dessas raparigas doidas para liquidar a virgindade de qualquer maneira, atormentadas pela absurda abstinência sexual que a sociedade impõe às pobres moças solteiras.

Eu estava só em casa, pois minha família fora passar o carnaval fora do Rio. Odette, com mais duas amigas, foi me dar um trote. Deu nada. Abracei-a e arranquei logo a máscara.

Foram todas para o meu quarto. Mandei buscar cerveja e fizemos uma farra. No fim, estávamos todos bêbados e Odette deitava-se por cima de mim, na minha cama, com as calças de homem descidas até o joelho, mesmo na frente das outras, que cheiravam furiosamente lança-perfume.

Era uma prostituta por instinto. Eu tinha certeza de que ela cumpriria o seu destino. Sua mãe era pobre — não tinha pai — e desde muito cedo acostumara-se a pedir aos namorados as coisas de que precisava, em troca de pequenos favores que só não iam à cópula.

— Vamos hoje ao cinema, Odette? (Ela já sabia que o cinema era um pretexto para outra coisa.)
— Vamos. Mas eu preciso que você me dê um presente.
— O quê?
— Um par de meias. Você dá?
Tinha muitos namorados que se sucediam com rapidez. Sua ingênua vaidade dava-lhe um certo ar meio ridículo, ao se referir a eles com afetação:
— O *Fulano* me disse ontem... Conhece *Fulano*? É advogado...
Todos os seus namorados eram rapazes muito distintos e possuíam profissões liberais. Quando passeava com um desses almofadinhas, sequiosos das curvas deliciosas de seu corpo moreno, tornava-se, às vezes, de uma pedanteria irritante. Uma vez, houve uma banalíssima questão de troco num bonde entre o rapaz que a acompanhava e o encarregado das cobranças, e Odette quase fez um escândalo, dirigindo-se ao bacharel em voz alta e desdenhosa.
— Não discuta com essa gente, *Fulano*. Você é um rapaz formado, não vai dar confiança a condutor...
Era vaga, muito vagamente mestiça e possuía um belo corpo, ágil, torneado, cheio de curvas sedutoras e camaradas. Que pernas bonitas tinha Odette!

Um dia, um moço que, por acaso, não era nem bacharel nem rapaz distinto, levou Odette a um quarto de hotel vagabundo e fez da *demi-vierge* uma autêntica mulher.

Por mais absurdo que pareça, isso foi um golpe seriíssimo para a velha mãe da rapariga, que pensava em casá-la bem, apesar da vida de extrema liberdade que lhe dava. Tentou o casamento. Não houve meio. O rapaz negou a façanha e a conduta de Odette era bem notoriamente irregular para que chegassem a lhe dar razão.

Todos os ex-namorados souberam da coisa e todos possuíram o belo corpo moreno em quartos de hotéis baratos. Até eu.

Depois, Odette começou a freqüentar um discretíssimo *rendez-vous*. Era uma casa gozadíssima. Habitava-a uma família de aparência respeitável, como existem muitas no Rio, de várias nuances e vários aspectos. A senhora era a dona e gerente do negócio. O marido era um cavalheiro magro e nervoso que só aparecia para o jantar e não cumprimentava os freqüentadores da casa. Havia duas crianças pequenas e uma rapariguinha de seus quinze anos, filha da proprietária, virgem, que ia para a porta namorar liricamente, como qualquer pequena de família. À tarde, era engraçado ver, na entrada, aquele parzinho romântico e ingênuo, de mãos dadas, ceder a passagem às moradoras ou freqüentadoras do "negócio", que aliás viviam em promiscuidade com todos. Se entrava um freguês, a dona da casa ia arrumar o quarto com a maior naturalidade desta vida, na vista mesmo dos filhos.

* * *

Dois anos de meretrício ativo mataram a ingênua rapariga quimérica e vaidosa. Odette era agora uma pobre mulher sem ilusões.

— Você está contente com esta vida?
— Contente nada! Isto lá é vida!
— Arrependida, então?
— Arrependida de quê? Que é que eu podia fazer? Casar, quem é que ia casar comigo?
— Mas você podia se ligar a um homem, como companheira. Casamento é besteira.
— É... Foi o que fiz. Mas você sabe, a gente nunca é igual à mulher legítima mesmo. Assim que passaram os primeiros tempos, o amor esfriou e depois...

Depois, o rapaz passou a querer ver-se livre dela. Humilhava-a a todo momento, lembrando que ela era uma desclassificada, só porque não tinha a membrana intacta quando ele a possuíra pela primeira vez e porque a possuíra sem o passeiozinho espetacular pela igreja e pela pretoria. De maneira que só o meretrício a esperava. Ainda era muito feliz, achava, porque não precisara ir para as casas de prostituição mais baixa, nas ruas da Lapa ou, o que é pior, a última etapa, que é o Mangue.

Freqüentava um cabaré, onde ganhava parece que vinte ou trinta mil-réis por noite, com comissão sobre as bebidas. E o *rendez-vous* sempre era uma coisa mais distinta, fora das zonas de meretrício aberto, coisa mais ou menos clandestina, mais ou menos camuflada, mais ou menos aceita pela vizinhança de gente séria...

Tinha sido minha namorada. Essas coisas acontecem...

* * *

Ah! Ia me esquecendo de um detalhe: a mãe de Odette ficou desgostosa com o procedimento da única filha e morreu. Não garanto que tenha sido o desgosto que a matou, mas o fato é que morreu, coisa que às vezes também acontece...

* * *

Foi visitando Odette, no tal *rendez-vous* gozadíssimo, que eu conheci Armando Nunes.

Era empregado numa casa de comércio. Rapaz inteligente, instruído, simpático, tornou-se em breve meu camarada.

Gostava de Lina, uma das moradoras da casa, e ia freqüentemente visitá-la.

A história de Lina não era interessante. Trabalhara no comércio também, numa casa de modas. Um namorado a desvirginara. Foram ver, o rapaz era casado. Uma denúncia anônima levou ao conhecimento da direção da casa comercial a "situação irregular" de Lina e, "em nome dos bons princípios da moral", a casa a despedira sumariamente, para que "o seu mau exemplo não infestasse o são ambiente de uma loja respeitável".

Ficando na mão de uma hora para a outra, sem possibilidades de realizar o sonhinho casamenteiro de toda mocinha que se preza, Lina resvalara na prostituição. Armando a conhecera no tempo da loja comercial ainda e tinha por ela uma grande ternura.

Ia visitá-la na casa de *rendez-vous*, mas, apesar de andar com ela, tratava-a com a maior consideração, como nos tempos em que a rapariga fora um ser prestigiado pela sociedade.

Conversando comigo, muitas vezes falava-me Armando da sua pena imensa pelas mulheres prostituídas.

— Veja — dizia-me ele — essas pobres mulheres. Procure, investigue, pergunte, você verificará que todas elas foram jogadas a essa vida por um erro da nossa organização social. Nenhuma veio por vocação! Nenhuma! Nenhuma está satisfeita com a vida que leva! É trágico olhar essa multidão de calcetas, presas ao seu destino pela fatalidade de um erro inicial sem redenção! E que erro?

Muitas vezes o de se entregarem simplesmente, espontaneamente, ao homem que amam!
Ficava um tempo silencioso, com o copo de cerveja na mão. E acrescentava com nojo:
— Que estúpido o preconceito do cabaço!

* * *

Um dia comunicou-me:
— Sabe? Sou capaz de me casar com a Lina, se ela quiser.
Já então viviam juntos, num quarto alugado. Lina não fazia mais michês, mas trabalhava num *dancing* para ajudar a manutenção da casa.
Eu não disse nada e acendi um cigarro. É o que faço sempre, quando me expõem coisas íntimas e eu não sei, francamente, o que deva responder. Tenho um bruto medo de penetrar as intimidades dos outros e fico assombrado com a sem-cerimônia de certas pessoas que dão conselhos à gente.
O *dancing* onde Lina trabalhava não tinha novidade nenhuma. Era igualzinho a todos os outros. Ainda agora, remexendo na minha mesa, achei um papel com estes velhos apontamentos:
"*Dancing*.
Rapariga de vermelho. Gandaia.

Rapariga de blusa vermelha e saia marrom. Triste. Romance.

Rapariga de preto, moreninha, gozada, alegre, amante do visconde.

Jogador célebre de futebol preto. (Aí eu acho que esse *preto* está sobrando ou então devia estar entre *jogador* e *célebre*. Mas o fato é que estava assim mesmo no papel.)

O atleta ilustre.

Eu."

Quando foi isso? Que *dancing* seria esse? Foi no tempo em que eu freqüentava *dancings*. Mas o apontamento serviria para qualquer *dancing* de qualquer época.

Aquilo não muda.

Quando eu bebo, fico muito literato, e isto é um defeito desgraçado, porque dou para descrever ambientes.

Justamente nas costas daquele papel, eu tinha uma outra descrição, a de um cabaré.

Olhem só:

"Cabarezinho ordinaríssimo.

Mulheres mexendo as nádegas com vigor para ganharem bebidas à custa da excitação sexual dos machos.

Desolação imensa. Alguns últimos românticos mergulhados na quinta dimensão.

O *cabaretier* camelotava:

— Agora um samba para animar!

O pessoal sambava.

Quando parava, o *cabaretier* batia três palminhas e gritava, igual a todos os *cabaretiers*:

— Muito bem, maestro. Vamos ao bis.

O pessoal ia ao bis.

E assim por diante, até quatro horas da madrugada. Isso todas as noites. Aporrinhava."

Aporrinhava mesmo. Algumas vezes, eu fui ao *dancing* com Armando. Lá, ele fingia que nem conhecia Lina, que tinha que dançar com todo mundo. Dez tostões cada vez que dançava. Era uma exploração para os fregueses e para as pobres das dançarinas, que saíam de lá com uma féria de dez, quinze ou vinte mil-réis por noite, para ficarem até as duas e meia da madrugada roçando o corpo na concupiscência de qualquer sujeito que tivesse dez tostões.

Só era bom negócio pra dona do estabelecimento, que, além disso, era proprietária de dois *rendez-vous*. As raparigas que arranjavam macho saíam de lá e iam dormir no antro da megera. Ela enriquecia.

3

— Você tem algum lugar para ir agora?
— Não.
— Então vamos ao *dancing*.

Mais uma vez, Armando me arrastava para o *dancing*, onde sua amante trabalhava. Já estávamos conhecidos.

Quando entramos, Lina dançava com um almofadinha, que falava galanteios no seu ouvido. Ela tinha um sorriso parado e distante, de quem pensa noutra coisa. Dançava maquinalmente, muito gentil, mas com a atenção no mundo da lua. Vendo Armando, fez um cumprimento com a cabeça, como se fosse um simples conhecido. Mas de vez em quando olhava para ele e sorria, um sorriso imensamente carinhoso.

Diante de duas cervejas geladas, não falávamos nada. Eu achava meio pau aquele sonolento lugar sem alegria, onde as mulheres não escondiam o tédio de quem dança por obrigação.

Armando fumava, meio absorto.

— Sabe? — disse-me, de repente — Estou mesmo disposto a me casar com a Lina. Depende só dela querer.

Era a segunda vez que me comunicava aquilo. Talvez esperasse uma palavra de encorajamento, uma opinião, mas eu não disse nada.

Depois que a música parou e Lina já tinha ido pedir ao rapaz o talãozinho correspondente a uma contradança, Armando chamou-a.

Ela veio e ficou de pé.

— Não posso me sentar.

— Não faz mal, senta. Toma qualquer coisa.

Sentou-se. Tinha o ar tranqüilo, sereno, meio alheado da vida. Falava docemente, um pouco devagar, numa voz cantante e vagamente melancólica. Os olhos azuis guardavam uma pureza ingênua, calma, doce, desconcertante.

— Lina — disse Armando. (Parecia um pouco comovido.) Lina, estou acabando de dizer ao Paulo uma coisa que te interessa muito.

— Que será?... — indagou ela, sorrindo e olhando para mim.

— Uma coisa séria. Diga-me, Lina. Se eu quisesse casar com você, você queria?

— Hein!?

Fez uma cara espantadíssima, como se ouvisse o absurdo dos absurdos. Houve um silêncio embaraçado. Armando insistiu, olhando para o copo:

— Então? Queria?

Lina olhou-o:

— Mas você está doido, Armando!

— Doido, por quê? É alguma asneira isso?

A pobre rapariga não podia responder. Duas lágrimas apareceram nos seus olhos mansos. Pegou com força a mão do companheiro e beijou-a. Eu olhei para os lados para ver se alguém estava espiando. Mas o pessoal estava entretido com outra música que principiava.

Lina começou a chorar baixinho.

— Que é isso, filhinha? — disse Armando com voz trêmula. Ele também estava comovido e eu tinha um nó na garganta. Muito lírico, aquele pedido de casamento!

O almofadinha de ainda há pouco se aproximou.

— Dá licença?

A rapariga olhou com angústia o rapazinho, numa expressão de súplica. Entretanto, ele não reparara nas suas lágrimas.

Lina levantou-se e dançou o tango que começava.

— Vou tirá-la desta vida. Caso-me mesmo, que tem? Dou uma banana pra este negócio de conveniências. Gosto dela, pouco me importa que não seja virgem... Podia apenas me amigar, mas quero que ela tenha uma situação igual às outras. Mas o essencial é tirá-la desta vida.

Armando Nunes fazia planos, como todo noivo.

* * *

Quando ele saiu com Lina, às duas e meia da manhã, senti pesadamente o meu isolamento.

Iria melancolicamente para a minha cama estreita de solteiro dormir um sono sem esperanças.

Que vida miserável!

Tinha bebido duas cervejas e havia um lirismo imenso, um imenso lirismo inútil, na minha ternura sem aplicação.

Ficara só, no meio da rua, sem uma companheira em quem eu pudesse, ao menos, encostar a minha cabeça cansada, a minha pobre cabeça tonta de bebida.

Quem eu iria procurar, àquela hora da madrugada, para dormir comigo?

Odette não estava no Rio e, aliás, não era mesmo minha amante. Giselle se dissolvera na violenta paisagem humana do Mangue. Não, eu não a iria procurar, àquela hora, nas casas do meretrício miserável, eu a abandonara, eu não a queria mais ver. Lia... Eu deixara Lia há tanto tempo!...

A hora deserta, a cidade dormindo, acordavam a minha volúpia inútil. Eu bebera cerveja, sentia a necessidade de um corpo feminino junto ao meu.

Caminhei rapidamente para a pensão de Lia.

Faltavam poucos minutos para as três horas. Muitas casas já estavam fechadas e, na rua obscurecida, alguns vultos melancólicos de mulher caminhavam, sozinhos, metiam-se nos automóveis, para o descanso do dia fatigante.

A pensão estava aberta. O porteiro, embaixo, não me anunciou com o toque de campainha porque eu era conhecido. Entrei. A sala estava deserta.

José, o garçom, veio lá de dentro, meio sonolento, batendo com o guardanapo nas pernas.

— Oh! O seu Paulo...

— Como vai, José? Onde estão as mulheres?

— Por aí... Trepando...

Nisto, vi uma das raparigas que chegava. Cumprimentou-me, meio ressabiada, sem muitas expansões. E, logo depois, madame Ninette. Também ela, tão gentil sempre, não demonstrou uma excessiva cordialidade ao me ver, limitando-se a uma saudação apressada. Desconfiei de qualquer coisa:

— Que é que há por aqui?

— Nada... Lia está doente.

— Doente?

Mme. Ninette dava instruções a outra rapariga:

— Não vá no seu quarto, hein? O *médicen* disse parra non deixarr ninguém irr no seu quarto.

— Mas, afinal, que tem Lia?

— Crupe — confiou-me a dona da pensão, com ar contristado. — O *médicen* pensa que é crupe. Só amanhã ela pode ser examinada direito.

— Crupe!... Ela vai ficar sozinha toda esta noite?

— Sim... O *médicen* mandou...

Contou-me depois, com muita pena, que a pobre rapariga sofria horrivelmente, com febre de quarenta graus, dando gritos medonhos. Mas não devia deixar ninguém ir ao quarto, até que ela fosse transportada, no dia seguinte, para o hospital de isolamento, depois de examinada pelo médico da Saúde Pública. Na defesa de suas pensionistas, já fizera a comunicação competente.

Um grito rouco interrompeu a narração emocionada da francesa.

— Coitada!... É ela!... — comentou.
— Vou vê-la — declarei.
— Mas...
— Não tem importância. Não tenho medo.

Subi ao seu quarto. Com um xale amarrado ao pescoço, Lia arquejava, dominada pela febre altíssima. De sua boca entreaberta, saía um ronco sem parada. Estava absolutamente só. Não me viu entrar. Roncava, abanava a cabeça com desespero, agitava os braços, inconsciente.

— Lia! — chamei.

Não me via. Não me escutava. Inconsciente, roncava, abanava a cabeça com desespero, agitava os braços.

— Lia...

Inútil! Nada havia a fazer. O médico receitara apenas uma injeção, que ele próprio aplicara. A noite decorreria naquela angústia, naquela tortura, até que fosse dia e o médico da Saúde Pública chegasse.

Saí. Lia continuou absolutamente só, roncando, abanando a cabeça com desespero, agitando os braços, inconsciente...

* * *

Durou ainda dois dias no hospital e morreu.

Eu só soube quando as companheiras da casa voltavam do enterro, justamente no momento em que eu entrava na pensão para saber de notícias.

Madame Ninette perguntava o endereço da mãe da morta, no Sul, para comunicar o fato.

As prostitutas estavam tristes. Aquele caso as chamara violentamente à consciência da sua vida trágica, do seu terrível isolamento no mundo.

Minha mão tremeu um pouco ao pegar o copo que o José me trouxe.

4

— Leu o último livro de Arthur de Aguiar? — perguntou-me o jornalista Clóvis Macedo.

— Achei fraco — respondi francamente. — E mal construído, além de falso. Não tem unidade. Me parece bem inferior a todos os outros livros dele.

* * *

Arthur de Aguiar, que escrevia romances proletários, era um rapagão alto e forte, dono de uma baratinha marrom e de uma *garçonnière* elegante, dessa elegância convencional das *garçonnières*.

Seu pai deixara-lhe a possibilidade de viver com uma renda de quatro contos por mês, sem trabalhar. E, por isso, enchia o tempo escrevendo romances proletários. Era um rapaz da moda.

— Não posso deixar de ser — explicava —, você compreende, as elites culturais do mundo inclinam-se para a esquerda e eu sou um homem do meu tempo. André Gide...

Pegava a falar em André Gide.

Fazia romances proletários. Pois Michael Gold não era um escritor sensacional do momento?

As melhores mulheres do Rio passavam pela sua *garçonnière*. Tinha trinta anos. Seis romances de sucesso.

* * *

— Também penso em escrever um livro — comuniquei a Clóvis Macedo.

Nesse dia, eu o pegara ao sair do jornal — eram onze e meia da noite — e fôramos a um bar alemão da Lapa fazer uma ceia de sanduíches e chopes.

— Penso em escrever um livro de reportagem sobre o baixo meretrício. Sem nenhuma intenção de agitar idéias, mas apenas de contar com honestidade o que tenho visto.

— De fato — disse Clóvis. — Os romancistas deviam se compenetrar de que não há romances de idéias, mas romances que sugerem idéias. O leitor é que tira as conclusões da realidade exposta pelo autor.

Acendeu um cigarro e pediu mais um chope. Bebia com prazer, uma espécie de prazer voluptuoso, menos pela bebida do que pela extravagância de estar àquela hora em um bar da Lapa, tomando chope.

— Já é quase uma hora — adverti.

Clóvis chamou o garçom e pagou a despesa, pegando o chapéu e despedindo-se de mim com um jeito desconsolado, um ar resignadamente melancólico.

Compreendi, então, que o meu amigo era um boêmio *raté*, um boêmio por temperamento, que os laços conjugais atrapalhavam.

Certamente, era feliz no casamento e amava a mulher. Se vivesse a vida que eu levava, sentir-se-ia desgraçado — sei mesmo por mim. Mas, de vez em quando, o seu instinto de vagabundo vinha à tona e ele sofria a nostalgia da miséria e do vício.

Aliás, ele mesmo costumava dizer que toda a vida moderna é composta de *ratés*.

— Conheço um homem importante e invejado — contou-me —, diretor de jornais, dono de grandes empresas, que me confessou uma vez a sua ingênua aspiração da adolescência, de ser um *diabólico*, a Baudelaire, creio eu, pobre satanista que falhou sem remédio...

* * *

Depois que falei a Clóvis Macedo do meu projeto de escrever um livro contando o que vira no meio da prostituição, peguei a ficar seriamente impressionado com a minha idéia. E, durante algum tempo, andei, como se diz, "recolhendo material". Já ficava até meio pau com a minha mania de perguntar a vida das mulheres.

Uma, entretanto, foi o tipo da espontânea. Parecia que tinha adivinhado a minha vontade e, sem eu perguntar nada, contou-me tudo.

Chamava-se Cecília. Era uma moreninha baixa e franzina que "fazia a vida" numa pensão da Glória. Tínhamos ido para o quarto e ela simpatizara comigo. Esqueceu os outros fregueses e não desceu mais. Começou me amando loucamente. Queria que eu fosse só dela. Depois, no fim, bateu a melancolia e então aí foi que ela contou a sua história.

* * *

— Ah! Meu filhinho, essa vida!... Não há nada de tão duro, não há nada de tão triste!... Às vezes estou só perguntando pra mim mesma se o melhor não é logo a gente beber veneno de uma vez...

Não havia artifício nenhum, nenhuma vontade de dramatizar a vida. Era mesmo desgraçada.

— Nasci longe daqui, meu filhinho.
— Onde?
— Adivinha.
— Você é do Norte...

— Sou sim, de Alagoas. Mas vim pequena pr'aqui. Papai é negociante. Nós morávamos em Vila Isabel. O homem que me descabaçou se chamava Nelson.

Dizia tudo de uma vez, misturado, sem método.

— Como foi que ele te descabaçou?

— Era meu noivo. Caixeiro-viajante. Já estava tudo pronto, ele tinha arranjado licença pra ficar aqui pro casamento. Me descabaçou e depois não quis mais casar. Foi na casa dele.

— E teus pais?

— Mamãe vive separada de meu pai, sabe? Papai ficou com os filhos. Mas nesse tempo inda estavam juntos. Imagine só: eu fiquei com um cancro.

— Puxa! Mas foi o teu noivo que te pegou?

— Foi. Ele não sabia. Depois inda quis que eu fosse com ele. Mas eu não quis. Você sabe, eu ia, ele enjoava de mim, deixava largada por aí em terras dos outros, não acha?

— É isso mesmo.

— Pois é. De formas que eu não quis ir.

— E ficou em casa?

— Fiquei. Me tratei na casa de saúde, foi até papai quem pagou tudo.

Ficou com a voz triste. Falava baixinho, devagar, como quem lembra.

— O homem que fugiu comigo se chamava Ricardo...
— O teu noivo?
— Meu noivo não. Já foi depois. Tinha ficado boa do cancro, gostei desse tal Ricardo, fugimos juntos. Fui morar em Niterói.
Um silêncio. Sorriu.
— Quando fugi, levei meu irmãozinho menor. Tinha dois anos nessa ocasião.
— Por que levou?
— Gostava dele. Depois Ricardo me deixou também. Eu fiquei de barriga. Depois mamãe se separou de papai, foi morar sozinha. Papai ficou com os filhos. Mamãe só ficou com o menorzinho e o meu garoto. Eu preciso trabalhar, meu filho, porque todo dinheiro que eu ganho é pra sustentar eles. Você não imagina como é duro! Meu irmãozinho, eu considero como um outro filho. Esta vida é a mais triste de todas. Vale mais a pena mesmo a gente trabalhar. Se eu arranjasse emprego, deixava isto.
Não havia artifício nenhum, na sua voz. Falava baixo, misteriosamente, mas era de tristeza mesmo:
— A gente corta uma volta aqui, meu bem. Você é bonitinho... (parava pra me olhar). Tão bonitinho!...
— Escuta. Mas por que é que você acha ruim esta vida?
— Oh! Mas então! Você nem imagina. A gente tem que fazer o diabo pra se arranjar o dinheiro da diária. Se há ho-

mens assim como você, que a gente tem gosto em ir com eles, há outros que é um horror. A gente só vai mesmo porque é preciso... Mas você não imagina como é ruim a gente ir com homens suados, sujos... Cada um! Às vezes sobem pr'aqui de porre e chateiam a gente a noite inteira. Mas é preciso... Só a diária que a gente paga, meu filho... E eu ainda preciso ganhar dinheiro pra mamãe. Você sabe, ela vive de costuras, mas quer também fazer vida. Ela é moça como eu. Todo mundo pensa que nós somos irmãs. Até eu pareço mais velha.

Refletiu um momento, continuou:

— É essa vida, sabe? Fica-se acordada a noite toda... A gente vê moças de família tão bonitas, tão bem tratadas, de trinta, trinta e poucos anos, parece que têm vinte, vinte e dois, não é? Eu tenho vinte e um e estou assim... Qual, meu amor, isto não é vida não...

— É mesmo...

— É. Mas agora eu tenho um projeto. Vou juntar aí uns dinheirinhos, fazer umas *toilettes* bonitas, depois vou ver se arranjo pra trabalhar de dançarina. Pego qualquer contrato, pra fora daqui ou mesmo pro estrangeiro...

Falava sério. A vida não fizera nenhum mal à sua ingenuidade. Eu não quis lhe dar desilusões. Calei-me.

Tempos depois, o filho de Cecília morreu e a mãe caiu na vida. Veio morar na mesma casa com a filha. O irmãozinho menor ficou na casa de uma tia. Logo a mãe pegou uma doença e Cecília gastou, com o tratamento, o dinheiro destinado para comprar belos vestidos de *soirée*. Lá se foram os projetos artísticos por água abaixo!...

Foi a criatura mais triste e mais humilhada que eu já vi na vida.

— A gente tem que aturar tanta coisa!... — dizia. E um dia tomou veneno.

* * *

Arthur de Aguiar procurava material humano para os seus romances. E não achava.

5

Arthur de Aguiar me convidou para tomar um aperitivo. No bar de luxo, algumas cocotes também de luxo tomavam uísque e lançavam olhares definitivos sobre os coronéis que entravam. Mas os coronéis não aderiam e alguns rapazinhos bem vestidos foram se aproximando, sentaram-se às mesas das cocotes, pediram uísque também, pegaram a conversar. No fim, como quase sempre, sairiam com elas de graça. Gigolôs de alto bordo, bem conhecidos das mulheres e de todo mundo.

Arthur de Aguiar pediu vermute, perguntou o que eu queria, eu disse, o garçom foi buscar, ele acendeu um cigarro e olhou distraidamente o salão cheio de gente.

— Puxa! — exclamou. — Só dá marafona!

— É lógico — respondi. — A esta hora...

— Não suporto essa gente...

De fato, não suportava. Mulher da vida, ele não queria, mesmo que fosse das melhores. Tinha sorte, uma baratinha marrom, um físico agradável, quatro contos por mês, podia escolher à vontade amantes amadoras na sociedade chamada honesta. Pra que é que ia gostar de mulheres que andavam com todo o mundo?

O fecundo romancista proletário desprezava as prostitutas.

Mas sentou-se logo à nossa mesa um rapaz que não desprezava. Era um rapaz completamente desportivo. Possuía também uma barata, mas não marrom, verde. Vivia não sei de quê, mas o fato é que vivia, e muito bem, aliás.

Chamava-se Jorge, o sobrenome não me lembro, e era amigo de Arthur de Aguiar. Chegou risonho, falando alto, desembaraçado, alegre e foi logo cumprimentando uma cocote próxima:

— Olá, Margot!

Virou-se pra nós:

— Que é que vocês estão tomando, seus malandros? Vermute? Não, não. Passo nisso. Prefiro uísque.

Pediu uísque ao garçom e, de repente, olhando uma mesa distante, exclamou:

— Ó, diabo! A Eulália está ali. Está fingindo que não me vê. Ontem meti-lhe o braço...

— Como?

— Dei porrada! Fez-se de besta comigo, sapequei o braço. Mulher é assim, meu filho, se você vai dar confiança a ela, está perdido.

— Mas por que foi que você deu nela?

— À toa... Quando a mulher quiser discutir com você, você não perca tempo: meta o braço. Se não, ela toma conta.
Acendeu um cigarro.
O bar começava a esvaziar quando Odette entrou. Odette tinha sido minha namorada...

* * *

Passou perto de nós, teve um sorriso de cumprimento. Jorge chamou:
— Senta aqui.
Sentou-se.
— Como vai?
Então conheciam-se, hein? Será que também ela já tinha levado pancada daquele bruto inconsciente?
Odette, entretanto, não queria tomar nada.
— Não. É só um instantezinho. Tenho um coronel que vem aqui. Marquei encontro com ele.
— Fica um pouco mais — pedi.
— Não posso.
— Deixa de história, fica — insistiu Jorge com rispidez.
Mudei imediatamente de opinião, num desejo romântico de bancar o paladino:
— Não... Ela precisa ir. Deixe.
Odette despediu-se, Jorge comentou, meio enfadado, para mim:

— Não dê confiança a essa gente, não. Essa mulher é muito besta. Qualquer dia eu meto-lhe o braço, pra ela não se fazer de idiota.

* * *

Estive, no dia seguinte, à tarde, no tal *rendez-vous* familiar onde Odette morava.

Ela estava em casa; veio me receber, de quimono, sem maquiagem.

Ficamos na sala de jantar, conversando. A dona da casa, de vez em quando, aparecia, dava uma prosinha, com o seu jeitão simpático de nortista gorda, ia lá pra dentro tratar de outra coisa. Uma rapariga apareceu, fumando, de pijama, com a cara amassada de quem tinha acordado de ressaca.

A dona da casa insinuou para nós:

— Como é? Querem ir para o quarto?

— Ele não é michê não, madama — explicou Odette — Nós somos conhecidos velhos...

Começou a lembrar o passado.

(Já naquele tempo eu a achava com um aspecto prostituído, um jeito bandalho de meretriz. Desde menina, possuía o instinto de se deixar agarrar, apalpar, beijar comercialmente, em troca de pequenos presentes, que ela própria pedia.)

Tinha apenas dois anos daquela vida e já possuía quase todos os vícios, até o homossexualismo. Fizera carreira rapidamente.

Entretanto, aqueles dois anos de meretrício tinham deixado vestígios. Odette possuía a efêmera *beauté du diable* e havia já qualquer coisa de decadência apressada na sua mocidade gasta.

Perdera o contrato com o cabaré e os homens já não a procuravam com tanta freqüência.

Nessa tarde, ela me comunicou:

— Sabe? As coisas andam ruins. Estou com vontade de ir para uma pensão. Que é que você acha?

Era o primeiro passo para o declínio...

* * *

O casamento de Armando já estava definitivamente marcado. Lina deixara o *dancing*.

Uma tarde, o patrão do rapaz chamou-o em seu escritório. Precisava falar-lhe de um assunto muito importante.

— Seu Nunes — foi logo lhe dizendo —, o senhor sabe, nós, do comércio, temos que velar pelas tradições de honorabilidade das classes conservadoras. Eu tenho que olhar pela vida íntima dos meus auxiliares, como se fossem meus filhos...

Fez um bruto discurso, cheio de rodeios, para chegar afinal a fazer ver a Armando que ele não olharia com simpatia a sua ligação com uma mulher de cabaré. A casa possuía uma polícia secreta para investigar a vida particular de seus auxiliares.

Armando Nunes respondeu com absoluta firmeza que, de fato, achava-se disposto a se casar com uma bailarina, fazendo ver delicadamente que aquilo era um negócio que só a ele dizia respeito.

O negociante encerrou a conferência secamente, muito mal humorado e, daí por diante, deu para perseguir Armando Nunes. Começou mandando-o fazer uma viagem de inspeção às firmas agentes nos estados. Reduziu seu ordenado, alegando necessidades de economia. E, por fim, acabou despedindo-o do emprego. Pretextos nunca faltam.

Lina voltou ao *dancing*, mais triste e mais alheada da vida do que nunca. E Armando Nunes tornou-se um revoltado permanente, sempre pronto a atirar uma bomba na Associação Comercial em dia de assembléia deliberativa.

6

Nos quarteirões do meretrício, a vida quase não pára. De madrugada, ainda há uma ou outra rara porta aberta e, lá dentro, um ou outro visitante retardatário, um garçom morto de sono e uma ou outra mulher que sobrou do dilúvio universal.

Num melancólico fim de noite, eu vagava sozinho por uma dessas ruas de trânsito noturno, cheia de automóveis adormecidos, árvores silenciosas e um insuportável cheiro de urina (os farristas despejavam a cerveja bebida entre as pedras).

Quase todas as pensões já estavam fechadas. Uma somente continuava funcionando.

Subi a escada de madeira, que rangeu medonhamente no silêncio. Na sala, quatro sujeitos conversavam em torno de uma mesa e cinco garrafas de cerveja.

Sentei-me, sozinho, a uma outra mesa, o mais longe possível do grupo, e pedi cerveja ao donzel que servia de garçom.

O grupo continuou a conversar. Um magricela dentuço dizia para outro:

— O senhor talvez não acredite. Mas eu tenho uma despesa diária de cem mil-réis por dia.

E repetia, cheio de auto-admiração:

— Uma despesa diária de cem mil-réis por dia!

Era um jovem negociante e dizia-se muito bem instalado, com muito lucro, apesar da tal despesa tão duplamente diária. Mas, de repente, deu nele um acesso de lirismo aventureiro:

— Vou lhe dizer... Qualquer dia, deixo tudo, o negócio, a família, os amigos e toco-me aí pelo mar para qualquer lugar. Sou louco para conhecer terras...

O outro era um sujeito importantíssimo, um cantor de rádio. Sempre tive implicância com os cantores de rádio. Aquele era bem solene, grave, doutoral:

— Nós, os artistas de rádio...

Eles, os artistas de rádio, não concordavam com o romântico negociante:

— O senhor faria uma asneira. Não vá. Mais tarde, o senhor vai dar razão a si mesmo.

O magricela ouvia-o com respeito e acatamento, visivelmente honrado com a palestra do "artista". A voz grave e doutoral lambia o silêncio:

— O principal fator do nosso sucesso é o mistério. O público não deve saber como somos, para poder ter a ilusão. Deve imaginar...

A cretinice da conversa irritava-me. Mas a minha cerveja não acabara ainda e, demais, eu chegara ao momento do pavor nas minhas noites boêmias: quando sentia que elas iam acabar, sem remédio, no início de um outro dia. Sentia, então, um desejo quase delirante de prolongar a noite que se extinguia.

Mas alguém subiu a velha escada lamentável e, subitamente, eu vi Jorge junto a mim. Como sempre, excessivamente jovial.

— Ô, seu malandro! Você aqui, a estas horas!...
— É... Senta...
— Não. Vou subir. Mas que diabo faz você por aqui?
— Bebo cerveja... E você?

Riu:

— Eu?... Vim dormir. Não sabe a Odette? Pois é, veio parar aqui.
— E você...
— Ora, eu, já sabe... Mulher comigo é assim, só eu querer... Bem, boa noite. Vou subindo que ela já deve estar me esperando.

Subiu risonho, feliz. Tive vontade de perguntar-lhe se já tinha metido o braço na sua nova amante, mas estava sem vontade de falar. Pobre Odette! Tinha sido minha namorada!

* * *

Fiquei meio triste. Meio enjoado daquela vida em que ia presenciando pequenas tragédias quotidianas e ignoradas que talvez nem comovessem ninguém, mas que, naquela hora da madrugada, me davam vontade de gritar de pavor.

A prostituição me aparecia como uma grande deusa deformadora, criadora de monstros e de fantasmas, que me vinham assustar, naquele momento solitário (os rapazes tinham saído) na sala vazia de um bordel. Tantas coisas tristes tinha visto na vida!

Vi, por exemplo, uma tarde, no Mangue, uma mulher grávida.

Era horrível! O ventre crescia, balão bojudo, sobre as pernas magras. Crescia espantosamente, por demais, com uma fúria de deformação que doía ver.

A magreza da coitada escorria dos olhos em dois sulcos profundos que acabavam na boca amarga.

Aquele ventre era impossível. Na certa, ia dar um estouro de repente, levando pelos ares aquela miserável torpeza, torpeza sim, porque uma barriga daquelas não era coisa que se usasse!

Dava dores de parto na gente olhar aquilo. Era triste. Era odioso.

A mulher tinha uma raiva concentrada no rosto, amarga revolta pela fatalidade que a privava do seu ganha-pão.

Seu corpo perambulava inútil, pelas ruas obscenas, balançando o feto pra cá e pra lá, num ritmo longo e doloroso.

Estava sumariamente vestida, de camisolão escorrido sobre a pele. A deformação exagerada do ventre levantava o vestido na frente, acima dos joelhos.

Conversava com uma, com outra mulher e — pan-pan — lá se ia pesadamente frágil e bojuda, pra outra rótula matar o tempo.

Aquela criança ia nascer? Lembrei-me de uma outra que tinha visto, semanas antes. Essa nascera, meu Deus, mas em que estado!

A mãe dera o fora e o pobre era criado pela dona da pensão por caridade.

Pra que me mostraram aquele horroroso monstro numa casa onde eu buscava o prazer?

Era horrendo, magríssimo, amarelo, torto, quase sem forças para chorar um choro que cortava a vida da gente em dois pedaços.

A cabeça caía para um lado, espichada no pescoço finíssimo, porque força para ficar de pé não havia não.

Que idade tinha? Talvez até fosse muito velho, talvez tivesse apenas dois meses.

Tenho visto muitas coisas tristes na vida e, às vezes, nas longas noites, um vento soturno uiva na minha memória uma cantiga horrível de se ouvir porque é a recordação da minha existência passada.

Mas lá fora uiva o vento, continua a uivar, porque nada, nada mudou, e que importa se hoje eu estou à margem da ventania que uiva?

Teria vontade de saber se aquele horrível ser de cabeçorra oscilante na pêndula do pescoço continua a viver. E aquele ventre, que fez aquele ventre? Largou no mundo uma quantidade enorme de enormes cabeças pálidas e dolorosas, estourando num parto medonho?

Ah! Lá fora existem e prosperam as casas onde os homens despejam sem cessar a paternidade incógnita nas pobres mulheres mercenárias, gerando aqueles monstruosos frutos da prostituição...

TERCEIRA PARTE

1

Perdi o ano de Direito, mergulhado na malandragem. Meu pai estrilou.

— Você é livre, pode deixar de estudar se quiser. Mas não posso permitir que continue jogando fora o meu cobre. Se quiser continuar os estudos, tem que ir para Belo Horizonte. Arranje a transferência pra lá, até acabar o curso.

Não houve jeito de convencê-lo. Fui. E assim, passei dois anos fora do Rio.

* * *

Afinal, o exílio acabou. Voltei com uma bruta saudade da minha cidade, das noites inúteis que a distância tinha cercado de um novo encanto.

E assim que cheguei, na mesma noite, depois do jantar, corri para a Lapa.

Bairro triste e boêmio — Lapa dos meus amores — foste muito tempo o cenário melancólico da minha vida.

O viaduto dos Arcos parecia um grande gato sonolento. Mas era uma sombra enorme que se elevava na noite, o único belo monumento da minha cidade sem tradições, e os vagabundos urinam irreverentemente em suas bases, porque não sabem — ah! não sabem! — que a alma da cidade está enterrada ali.

Os automóveis passeiam o progresso em procissão e querem passar. O vasto gato sonolento abre as pernas complacentes, com uma bruta indiferença soberana, deixando que os automóveis passem por baixo. Nada perturbará o sono imenso dos séculos que morreram.

Lapa triste. Um, dois, três cabarezinhos degenerados se estorcem, gritam, se requebram, suam, quase morrem de histerismo, e a vida continua mais triste. Lapa vagabunda. Os *chauffeurs* cantam sambas batendo baixinho nas portas dos automóveis. Lapa imoral. As prostitutas passeiam...

Dois anos se tinham passado, mas a vida era a mesma, igualzinha. Pouco a pouco, fui reencontrando e reconhecendo os lugares por onde arrastara a minha juventude à toa.

É verdade, ali eu gastara os meus melhores anos. Ali, pode-se dizer, eu vivera.

De princípio, uma ternura imensa. Depois, a ternura diminuíra um pouquinho. E, mais tarde, já não tinha mais era ternura nenhuma, por nada desta vida. Achava tudo até muito amolante, e os homens, as casas, as pedras do caminho, as estrelas do céu, todas as paisagens e todos os rumos ficavam para mim sem nenhuma significação de lirismo.

Só uma vontade bem inútil de pensar verdades inúteis sacudia de vez em quando a minha energiazinha bruxuleante. Só um desejo bem triste, digamos, de beber chope, levava a minha aparência frouxa para os bares noturnos da Lapa.

Aí sim.

Orquestrazinha bem vagabunda de músicos sem celebridade afundava o barqueiro do Volga nas águas sambistas do Mangue. A portuguesinha comparecia num fado bem mauzinho, por sinal. Os simbolismos se gastavam pelas paredes, sem ninguém aproveitar. E as garçonetes não paravam, distribuidoras generosas de chope, vermute, uísque, sonho, tristeza, amor, esquecimento e outras interpretações...

Aquela primeira noite de reencontro com a terra carioca tinha gosto de coisas novas. Andei correndo a noite desconhecida com o prazer adolescente de quem descobre pecados.

Varejei as pensões. Ah! Ali é que a vida tinha mudado! Quantas mulheres que eu não conhecia! E as que eu conhecia, em dois anos só, como tinham ficado diferentes! Umas até nem se lembravam de mim.

Giselle me reconheceu. Foi uma coisa pau o meu encontro com ela. Nada mais da rapariguinha bonita de dois anos antes. Engordara, envelhecera dez anos, andava pesadamente, com dignidade e importância. Estava feia e acabada, parecia a mãe dela. Armou uma grande alegria ao me ver:

— *Toi?! Chéri...*

No primeiro momento, fiquei sem saber quem era. Aquele rosto não me era estranho de todo, mas não havia jeito de identificar a pessoa.

— Oh! Então não se lembra mais da gente?

Ah! Sim! Lembrei-me. Mas seria possível? Eu a deixara no Mangue fazendo a vida, recordava-me... Mas como diabo envelhecera tão depressa? Afinal, dois anos... Eu estava quase igual ao rapaz que fora naquele tempo.

Giselle quis que eu me sentasse para tomar qualquer coisa. Pedi cerveja, ela, um guaraná e, enquanto bebíamos, começou a me mostrar as raparigas. Não fazia mais a vida. Ganhara muito dinheiro no Mangue e comprara aquela casa de sociedade com a Ginette. Agora, estava ali, honestamente, dirigindo o negócio. Havia boas raparigas, eu podia ir com qualquer uma sem susto, porque nenhuma tinha doença, não, era garantido. Depois, eram francamente do amor. Faziam tudo.

— Não quer?

Não. Por enquanto, não. Logo mais... Agora eu não queria. Queria só tomar uma cerveja, estava chegando de fora, precisava primeiro rever a cidade. Mais tarde, lá para a meia-noite, eu voltaria na certa...

Giselle me deu um abraço de despedida. Uma rapariga caçoou:

— Que esculhambação é esta? A madama também é do amor?

— Non, minha filha — respondeu gravemente. — Este rapaz foi meu michê...

Chamava as outras mulheres de "minha filha".

* * *

Saí à procura de antigas casas. De Odette ninguém sabia mais. Só que tivera um filho, havia coisa de um ano antes, e logo depois deixara a pensão. Estava muito acabada, me diziam. Com a gravidez, ficara um estrepe, não botava homem pra dentro e, no fim, já dormia de favor num quarto dos fundos. Fora para a maternidade e, de volta, ficara apenas uns dias. Devia andar pelo Mangue.

Outras mulheres encontrei, outras não encontrei mais, umas tinham se amigado, algumas tinham ido pra fora, algumas tinham mudado de zona. Tudo envelhecera espantosamente naqueles dois anos de ausência. Uma rapariga que eu deixara adolescente, encontrei já com mais de trinta anos. Das que faziam a vida ativamente naquele tempo, poucas resistiam com a mesma eficiência. Só Rosinha dizia que continuava a botar o mesmo número de homens pra dentro.

— Sou a campeã! — ufanava-se. — Comigo ninguém pode.

Eu queria saber de Odette. Não acreditava de todo que ela estivesse tão ruim assim. Peguei a correr tudo que era pensão. Não. Ninguém sabia mesmo. Só havia um jeito, que era de perguntar ao Jorge por ela. Quando eu fora pra Minas, ele é que era o seu amante.

Fiquei foi na baderna naquela noite, bebendo daqui, dali, travando conhecimento com as mulheres novas. O José ainda estava lá, firme no seu posto, imperturbável e soberano, acima da miséria que o atulhava por todos os lados.

— Olá, José.

— Olá, seu Paulo. Uma cerveja?

Parecia que eu tinha vindo na véspera, que não houvera uma interrupção tão longa nas nossas relações. Ele não estava mesmo era ligando pra nada desta vida.

Grupos de rapazes ruidosos corriam as pensões. Mexiam com os garçons efeminados, armavam um banzé danado nas portas das casas em que a entrada lhes era vedada. Sujeitos de mais dinheiro entravam, eram coronéis, não iam bancar o gigolô, atrapalhando a vida de ninguém. As pensões estavam cheias mesmo. Era sábado. Dançava-se. As raparigas bebiam licor. Os homens, na maioria, bebiam cerveja.

Encontrei conhecidos que não via há tanto tempo. Homens casados, gente séria, na bruta farra, rindo ruidosamente, abraçando as mulheres, entrando no samba mexido com nádegas, ficando excitados, indo pagar o amorzinho lá em cima na cama apressada que nem se desmanchava esperando outro amor. As vitrolas sem parar.

2

Apesar dos dois anos passados fora, eu não voltava formado. Passara todo o tempo tapeando o velho.

De volta, ainda o enganei até o quanto pude. Mas, depois, afinal, não houve mais jeito e eu tive que confessar a minha safadeza. Dessa vez era demais. Meu pai não quis mais saber de nada. Podia continuar me dando casa e comida, mas só isso. Eu que me arranjasse como pudesse. Tive um acesso de dignidade e saí de casa.

O dinheiro tinha acabado. Andei a cidade toda procurando os conhecidos. Queria um emprego qualquer. Não havia, por enquanto. Foi-se fazendo noite e eu sem jantar. Fome, pela primeira vez, fome na minha vida. Com os poucos níqueis que tinha, tomei um café e comi um bolo. Andei à toa pela cidade, olhando as portas dos cinemas. Passava gente bem disposta, indiferente à minha fome ignorada. Os cinemas se fechando, veio a madrugada. Eu, sentado num banco do Passeio Público, com uma fome que nunca sentira.

Fazia frio. Desisti de ser herói, tomei um bonde e fui pra casa. Tinha a chave da porta, entrei devagarinho, pisando manso. Acendi a luz. Sobre a mesinha de cabeceira, havia um prato de comida que minha mãe tinha deixado, adivinhando que eu voltaria.

Minha mãe me falou:

— Meu filho, você é mesmo um desalmado. Seu pai está muito aborrecido por causa do seu procedimento e envergonhado com os parentes. Resolveu ir para o sítio com todos nós. Só você fica aqui no Rio, sozinho.

Sua voz tremeu, de medo de eu ficar sem ninguém na cidade grande. Desamparado. Tive medo também e um desgosto profundo de mim. Mas disfarcei:

— Não faz mal, mamãe, eu fico...

— Por que você não vai com a gente?

— Que o quê!... Vou arranjar emprego.

— Você podia ficar aqui em casa... Mas seu pai parece que vai deixar a casa.

— Não. Vou alugar um quarto. Não se incomode, mamãe, eu me arranjo.

Estava matando meus pais de desgosto. Eu sabia. Quando todos foram pro sítio, fiquei só com duzentos mil-réis que mamãe me deixou pras primeiras despesas. Papai era funcionário público aposentado e tinha um sítio no estado do Rio. Rico não era, mas sempre pudera custear meus estudos, dando dinheiro pra eu gastar bestamente pelos bordéis. O que me obrigava agora a não querer mais depender dele nem num tostão não era bem orgulho, era mais uma vontade furiosa de me reabilitar, de mostrar que eu podia ainda valer qualquer coisa sozinho, sem o seu auxílio.

Agora estava mesmo era frito, só no mundo, sem saber pra que lado me mexesse. Comecei alugando um quarto e pagando logo adiantados cento e cinqüenta mil-réis dos duzentos que tinha. E seco atrás dum emprego. Aquilo era o diabo, a vida! Até agora vivera, pode-se dizer inconscientemente, pelos cabarés, andando com mulheres, bebendo cerveja, uma existência gozada de estudante remediado, sem pensar nos problemas urgentes de comer e de dormir. Vestia bem, andava limpo, as raparigas gostavam de mim, tinha tido alguns amores de graça entre as mulheres da vida.

Nos primeiros dias depois da ida de minha família para o sítio, continuei indo às pensões. Só que não bebia nada, não me sentava, não era besta de gastar o restinho de dinheiro que tinha.

— Senta, Paulinho — as mulheres diziam. — Paga um guaraná pra gente.

— Não posso não. Amanhã.

Dava o fora. Estava ficando era mal vestido. Primeiro, um colarinho sujo, depois, uma camisa amarrotada. Depois, sem dinheiro, empenhei a roupa melhor que tinha, pra comer. Não recebia carta do pessoal. Compreendi que devia me arranjar por mim, mesmo porque o velho andava também, por esse tempo, bem complicado de dinheiro, com uma doença grave na família. As raparigas das pensões não me olhavam mais com a mesma simpatia de antigamente. Eu andava de barba crescida, amarrotado, devia ser horrível. Deixei de freqüentar as pensões. Quando ficava muito apertado, cavava cinco mil-réis, ia ao Mangue.

E nada de emprego. Minha situação se tornava negra. Foi, então, que Clóvis me cavou para ir trabalhar no jornal de que ele era redator graduado, como "foca". Nisto, venceu-se o mês do quarto e eu não tinha cento e cinqüenta mil-réis. Minha mãe me mandou uma carta com uma nota de cem. Clóvis me emprestou cinqüenta e eu paguei assim o aluguel da moradia, mas fiquei sem dinheiro para comer. Já havia dez dias que eu estava no jornal e resolvi pedir um vale, nem que fosse de dez mil-réis, por conta do meu ordenado, que aliás não sabia de quanto era. Mas o gerente achou uma bruta graça da minha ingenuidade, de querer um vale só com dez dias de trabalho...

Tive que recorrer a Arthur de Aguiar. Passei a jantar médias com pão e manteiga. Às oito, ia para o jornal e ficava até meia-noite. Fora os dias de plantão.

Venceu-se o mês no jornal e eu continuei sem saber quanto ganhava. Fiz, pela primeira vez, um vale de cinqüenta mil-réis. Assim mesmo, me explicou o gerente, por um favor muito especial, devido à minha situação.

Cinqüenta mil-réis, na verdade, não me chegavam pra nada. Clóvis, que vencia seiscentos mil, estava atrasado dois meses no jornal. Ele, porém, tinha um bom emprego.

Foi quem, mais uma vez, me salvou a situação. Minha vida era um horror. O jornal não pagava. Agora, eu sabia que estava ganhando trezentos mil réis, mas não via o dinheiro. Aliás, ninguém via. Tudo isso já foi há muitos anos. Eu era, pode-se dizer, um rapazinho nesse tempo, é verdade que não tinha prática nenhuma de jornalismo, mas não podia absolutamente ficar sem comer. A revolta na redação era geral, mas ninguém tomava uma iniciativa.

— Por que a gente não faz uma greve? — perguntava eu.

— Porque não adianta — explicavam-me. — A gente sai e amanhã tem o dobro de pessoas querendo vir trabalhar de graça.

O diretor vivia nababescamente. Isso irritava o pessoal, mas todos eram de uma humildade de cães diante dele.

Há quantos anos já passou esse período da minha vida!... Como vai longe! Mas foi um período negro, nunca poderei esquecer esse tempo.

3

Recebi um vale de vinte mil-réis e corri pro Mangue. Estava seco que não podia mais.

O Mangue! Quando chega ao Rio um artista estrangeiro ilustre, os jornalistas mostram o Mangue pra ele e explicam:

— É a nossa Mouraria...

Não sei por que, francamente, a prefeitura não subvencionou as meretrizes com uma verba de turismo. Mas, na verdade, o Mangue é doloroso e bem triste da gente olhar o movimento febril daquelas ruas.

Suas noites são agitadas. As pobres mulheres pintadíssimas, nas rótulas, movimentam a ronda infatigável dos homens nas calçadas. Muitos homens. Os desejos acesos nos olhos dos marinheiros, malandros, valentes, estudantes, doutores, empregados no comércio, fuzileiros navais, caixeiros, soldados, funcionários públicos, homens, homens, homens.

Homens que andam sem parar pela vasta feira livre da volúpia barata.

Marinheiros de olhos azuis, quando há navios de guerra americanos ou ingleses no porto, fazem o exotismo com os negros da terra. Os botequins cheios berram os programas de rádio para as ruas. As mulheres nas rótulas por cinco mil-réis, como cartazes: aproveitem a ocasião. E os valentes de fama, os grandes heróis da malandragem, anônimos no meio da multidão.

* * *

Eu andava também no meio da multidão, procurando um corpo para os meus cinco mil-réis. Pensei em Giselle, que eu encontrara uma vez naquelas ruas cheias e perigosas, onde às vezes há tiros sem direção pegando quem não tem nada com a coisa. E lembrei-me também de Odette. Quem sabe se ela tinha ido parar ali?

Pois dito e feito. Encontrei Odette numa porta.

Envelhecida. Um dente cariado na frente e a falta de um outro de um lado. Seios molengões, um jeitão relaxado e triste, o belo corpo antigo ainda apetecível, é verdade, mas deformado numa gordura sem justificação nenhuma.

Eu ia passando sem ver, fora ela que me chamara. Exclamação de surpresa, depois de desapontamento — você engordou — essas coisas. E, sentados na cama, pegamos a conversar.

* * *

Dois anos antes, na pensão da Lapa, era uma das mulheres que mais ganhavam. A aventura amorosa de todas as decaídas: um gigolô. O Jorge. Em troca das cópulas, da cama e, uma vez ou outra, de uma nota a título de empréstimo, Jorge deu-lhe um filho. Grávida, teve que parar o trabalho. Por que não abortou? Descuido, sentimentalismo, imprevidência, essas coisas. A gravidez enfeou-a muito, estragou-a como mulher. Trouxe complicações. Gastou o dinheiro que juntara com médico e farmácia. Sem trabalho, com a barriga já grande, e sem dinheiro, começou o período trágico de sua vida. Aí, o Jorge deu o fora.

Viveu de favor num quarto dos fundos da pensão, sendo socorrida pela bondade das companheiras. Depois, a maternidade. O parto difícil e o filho raquítico, como todo filho de prostituta. Saiu de lá abatida, fraca, doente e sem vintém.

Reconheceu perfeitamente que não daria mais nada na Lapa. Ainda assim, tentou. Não era mais a mulher de antigamente e os seus próprios fregueses certos procuravam outras mulheres. Desistiu, com atraso do aluguel do quarto. Tudo se complicava por causa do filho. Não quisera desfazer-se dele, como lhe aconselhavam.

Alugou um quarto na rua Visconde de Inhaúma, em casa de uma família de portugueses pobres. Dormia lá com o filho. De dia, a dona da casa tomava conta dele. E ela foi "fazer a vida" no Mangue.

Estava mesmo muito estragada. Nem no Mangue conseguiu ganhar muito. De cinco em cinco mil-réis, fazia quinze, vinte, vinte e cinco mil-réis por dia no máximo. Aos sábados, às vezes, ia excepcionalmente aos trinta ou trinta e cinco. Pagava quinze mil-réis por dia pelo quarto em que "trabalhava". O que sobrava, era uma miséria, não dava pra nada; pagava com enorme dificuldade o quarto na casa dos portugueses, cem mil-réis mensais.

Fora presa duas vezes porque desobedecera o delegado, indo para a rótula depois da hora regulamentar. Nesses dias, não tinha conseguido nem os quinze mil-réis pra dar à dona da casa. De madrugada, era menor a concorrência, as que mais ganhavam estavam dormindo, os homens tinham pouco que escolher. Só polacas velhas e negras vagabundas. Muitas vezes, ficava a noite inteirinha acordada, na porta, pegando homem. Felizmente não pegara nenhuma doença.

Dei os vinte mil-réis para Odette. Era o vale que eu recebera no jornal.

Ela não podia adivinhar o sacrifício que eu lhe fazia, mas ficou gratíssima. Entretanto, reparou também na minha decadência:

— Você era um rapaz tão elegante...

— Eu também não estou vivendo muito folgado...

Reparei que amara Odette. Ela nem sabia. Comecei a ter por ela a ternura que a gente tem por uma antiga namorada de quem não se gosta mais. Não podia lhe valer. Minha situação era bem apertada também.

Ela gastara muito tempo comigo, mas os vinte mil-réis a indenizariam. Representavam quatro visitas comuns.

— Bem. Vou indo.

— Adeus. Apareça sempre. Vem de dia, que eu tenho mais tempo.

4

Era uma casa sórdida o sobrado da rua Visconde de Inhaúma onde Odette morava. Fui lá bancando o irmão dela, porque a família não queria saber de imoralidades em casa. Odette chegava de madrugada, quando chegava. Para todos os efeitos, era bilheteira de um vago cinema de bairro que não existia. Quando não chegava, fora dormir em casa de uma amiga. Os portugueses acreditavam? Qual o quê! Sabiam muito bem de onde ela vinha. Mas não admitiam imoralidades em casa. E assim tudo se arranjava.

Morava num quarto pequeníssimo, que dava pros fundos. Uma cama velha, uma mesinha-de-cabeceira, um baú e um armário tosco. O filho dormia ali e era a própria portuguesa dona da casa que tratava dele. Tinha-lhe criado afeição.

Eu fui lá com Odette à tardinha. Quando entramos, o garoto chorava e a portuguesa dava-lhe a mamadeira.

O menino estava doente. Não queria saber de mamar, vomitava e cada vez se tornava mais fraco. Por isso Odette me pedira que fosse lá ver.

— Mas não adianta. Eu não sou médico.

— Não faz mal. Pode ser que você conheça a doença.

Apresentou-me à dona da casa, que me olhou desconfiada e tinha uma voz estridente, quase grito:

— Qual, s'inhoira Odette, o que o m'nino taim é sarampo, não vê estas babas?

— Que nada, isto é espinha, não é? — virava-se para mim.

Isto é mais é sífilis, pensei. Mas concordei, em voz alta, que era espinha.

A criança chorava e a portuguesa se sentia um pouco encabulada dos seus desvelos maternais diante de um estranho.

— Ai, tambaim! — gritou — Está por aí a birrare que não pára!...

O menino, magríssimo, tinha uns olhos tristes e obstinados, uma boca dolorosa. Gritava sem lágrimas. Às vezes cansava e parava, meio adormecido.

— Tadinho! — falou Odette — Tadinho do filhinho!...

Acariciou, pôs no colo o monstrengo, que pegou a chorar outra vez. A portuguesa achou ruim:

— Ora iessa, pois o m'nino já estava quieto, pra que foi m'xer nele?... A s'nhoira precisa d'xaire o dinhairo do laite, que o laitairo riclamou hoje.

— Eu deixo, dona Joana. Coitadinho do meu filhinho, está tão magro. Eu acho que vou levar ele na farmácia. Se ele não melhorar amanhã, eu levo mesmo. Olha aí, dona Joana, tem dez mil-réis pra pagar o leite, não chega?

— Não s'nhoira, pois a s'nhoira não sabe que o laite é oitocentos rais? Quinze dias são doze mil rais.
— Chi... Como vai ser? Eu só tenho isto...
— Eu tenho aqui. — Dei-lhe dois mil réis e fiquei reduzido a mil e quinhentos.

A "zona" era pertinho, fomos dali andando a pé para a casa onde Odette fazia a vida. Se passasse um conhecido de bonde, me via acompanhado de uma prostituta do Mangue... Que se danasse!... Não tinha que dar satisfações a ninguém e me sentia muito mais próximo daquelas mulheres do que das minhas relações sociais. Mas logo a gente deixava a rua Visconde de Inhaúma e entrava para as ruas onde não passava bonde.

Na porta da casinha de um pavimento só, estava uma mulata gorda fumando charuto. Quase nua, com as pernas de fora e os seios flácidos e abundantes amassados num sutiã transparente. O umbigo à mostra e um saiote tapando o sexo. Dava grandes gargalhadas, mexendo com um anão que passava. Uma vizinha, na outra rótula, informou:

— É viciado esse anão. Já me fez um minete.

A mulata começou a chamar em grandes gritos, mas o homenzinho mandou uma banana de longe.

Entrei com Odette para o seu quarto. Daqui a pouco, uma voz áspera de mulher gritou de fora:

— Madama Odette. Cadê os sete mil-réis da roupa?

A rapariga fez uma cara aflita. Murmurou:

— Bonito!...

E em voz alta respondeu:

— Olha, dona Maria. Logo mais eu dou, agora não tenho.

A voz áspera ficou danadíssima. Pegou a gritar:

— Ara, logo mais, logo mais! Sempre isso! Ontem já me disse que pagava logo mais. Caloteira! Eu quero é os meus sete mil-réis!

— Mas eu não tenho agora...

— Que não tem nada! Isto não está direito. Tem que me pagar o meu dinheiro de qualquer jeito, senão eu faço um barulhão aqui. Pra mandar lavar a roupa sabe mandar, mas na hora de pagar é isto que se vê. Eu não estou disposta a levar calote de mulher não. Era o que faltava!

— Mas a senhora espere um pouco, não está vendo que eu estou ocupada?

— Não quero saber de nada, o que eu quero é o dinheiro.

Odette estava aflita. Eu falei alto:

— Isto é um desaforo. Ela devia ao menos esperar que você acabasse!

A mulherzinha escutou. Odette deu um pulo da cama.

— Espera que vou falar com ela.

Saiu. A conferência durou poucos minutos, com alguns gritos da lavadeira, que afinal se conformou em esperar até o dia seguinte.

Odette voltou.

— Que diabo de mulher!... — murmurou.

Sentou-se na beira da cama. O quarto pobríssimo, bem inferior ao da pensão da Lapa. Uma cama ordinária, um lavatório tosco, um armário de cor diferente e uma cadeira.

— Você se lembra do outro quarto?

— Lembro-me...

— Que diferença, hein! Lá até eu tinha telefone...

(Lia tinha também, lembrei-me. Lia morrera e Odette viera para o Mangue... Antes do quarto com telefone na Lapa, ela freqüentara um *rendez-vous* alinhado... E antes fora minha namorada...)

Odette ficou triste.

— Paulo... E você se lembra quando eu era cabaço?

— Pois então...

— Naquele tempo, eu pensava que ia casar com um advogado. Ou então com um tenente do Exército. Mamãe preferia que fosse um tenente do Exército... Dizia que era mais seguro, o ordenado certo no fim do mês... Coitada de mamãe! Você gosta de cachaça? Tenho aqui um pouco nesta garrafa.

Bebeu no gargalo e, quando eu menos esperava, começou a chorar.

5

A casa em que Odette "fazia a vida", no Mangue, era de uma francesa gorda, dona também de duas "pensões" na Lapa. Tinha oito mulheres lá, pagando uma diária de quinze mil-réis, sem comida. Oito vezes quinze, cento e vinte mil-réis por dia, quer dizer, três contos e seiscentos por mês. Menos o aluguel da casa, que era seiscentos mil-réis. Valia, quando muito, trezentos, mas o proprietário pedia seiscentos por ser para o que era.

Portanto, o proprietário ganhava, sem fazer força, seiscentos mil réis mensais; a "madama" ganhava, sem fazer força, três contos mensais; as raparigas arriscavam-se, infinitas vezes ao dia, a pegar terríveis doenças; se não pagavam pontualmente os quinze mil-réis da diária, rua, com descompostura por cima; eram presas às vezes. Quando iam para o hospital com cancros e blenorragias complicadas, nem a francesa nem o português lhes mandavam um tostão sequer, por conta dos três contos e dos seiscentos mil-réis ganhos à custa da sua desgraça.

Falei isso com Odette.

— Ih! Meu filho! — respondeu-me. — Essas velhas enriquecem à custa da gente. Eu conheço bem tudo isso, você sabe, porque já vivi em *rendez-vous*, em pensão, em tudo. Aqui ainda não é nada. Em geral, as donas de casas do Mangue são donas também de pensões na Lapa. Mas lá é que o negócio é bom mesmo...

Começou a me contar fatos. Iguais a outros que eu já sabia. Outros assim, por exemplo:

Rua C. de L. nº... Três francesas sócias. Uma gerente, francesa também, que chegou à velhice melancólica de uma prostituta: sem juntar dinheiro. Ganhava trezentos mil-réis por mês e uma comissão sobre as bebidas. Havia ainda um garçom, o Manuel, que diziam ser interessado no negócio, mas parece que era só garçom mesmo, talvez com comissão também sobre as bebidas.

O número normal de mulheres na casa variava entre dezoito e vinte. A diária mínima, trinta e cinco mil-réis, que ia subindo até setenta pelas salas da frente. Com comida, "mas que comida!", como me disse uma vez uma das vítimas.

Façamos as contas. Estabelecendo-se uma média baixa de quarenta mil-réis e fixando-se o número de raparigas em dezoito, temos setecentos e vinte mil-réis (720$000) diários, ou vinte e um contos e seiscentos por mês (21:600$000). Havia sábados em que as bebidas vendidas na pensão elevavam-se a um conto e quinhentos (1:500$000). Aceitando-se que nos outros dias se fizesse muito pouco, estabeleçamos uma média de trezentos mil-réis diários, o que daria nove contos por mês (9:000$000), que, somados aos 21:600$000, perfaziam a bela soma de Rs. 30:600$000 (trinta contos e seiscentos).

Aluguel da casa: dois contos de réis. Impostos, armazém, ordenados, gratificações, gorjetas, gastos forçados, concordemos que lá se vão oito contos e seiscentos. Restam ainda, puríssimos, liquidíssimos, vinte contos de réis. Num ano, duzentos e quarenta contos, num cálculo feito sem nenhum rigor, como se vê.

Rua C. de L. n°... Dez mulheres, quartos aos mesmos preços, portanto doze contos mensais (12:000$000). Vendia-se menos bebida do que na outra casa, digamos três contos por mês. Portanto, quinze contos mensais (15:000$). Desse dinheiro, descontava-se 1:500$000 de aluguel da casa e demos de barato que quatro contos e quinhentos se fossem em despesas forçadas: nove contos líquidos por mês, isto é, cento e oito contos anuais, para uma só francesa, sem sócios.

Nessa pensão, uma vez, uma rapariga pegou uma doença brava. A "madama" exigiu que ela continuasse pagando as diárias e, como não foi possível, botou-a pra fora. A coitada foi para a Santa Casa da Misericórdia, onde não sei se morreu.

A pequena não tinha experiência nenhuma do meio.

Caíra na vida com a irmã e todas as duas adquiriram logo moléstias venéreas. A irmã continuou ainda algum tempo na pensão pra ver se arranjava dinheiro para o tratamento da outra, pois o seu estado não era tão grave.

Mas os homens examinavam, descobriam a coisa e não queriam ir com ela.

A francesa estrilou ao primeiro atraso da diária.

— Mas madama, que é que vou fazer?

— Não deixe eles verem. Faça com a boca, vá de costas...

A rapariga ainda não sabia fazer essas acrobacias. A mulherzinha adotou, então, um meio prático para se fazer pagar. Ficava vigiando a pequena e, quando via que ela ia subir com um homem, vinha muito amável e batia nas costas do indivíduo:

— Vai com ela? Podia deixar então aqui o dinheiro comigo?

A maioria deixava. A pequena, boba, não reclamava nada. A irmã morria no hospital de indigentes. A "madama", sem riscos de moléstias, bebia sossegadamente um guaraná todas as noites, por conta dos cento e oito contos que juntava a cada ano...

* * *

Os franceses que iam buscar mulheres na sua terra para a prostituição no Brasil viram que o mercado aqui já não é tão bom como antigamente, principalmente por causa da queda do mil-réis. Mas os polacos-judeus continuam.

Quando uma mulher já está ficando velha para o *métier* amoroso, recebe de um desses cáftens o dinheiro necessário para montar uma pensão. Elas ficam sendo simplesmente testas-de-ferro desses indivíduos. Na maioria dos casos, eles é que são os verdadeiros proprietários.

Algumas vezes, a que aparece como "dona" é a amante do proxeneta, a amante mais velha, a "esposa", a que tem direitos, a que lhe deu mais a ganhar enquanto agiu na ativa, e que tira, então, a sua recompensa.

Os cáftens vivem calmamente mascarados de homens honestos. Têm profissão. Existem casas judaicas de comércio, de peles, de móveis ou de modas, cuja principal finalidade é a proteção desses indivíduos. Uns são sócios, outros são vendedores ambulantes.

Ninguém dá nada por eles. São humildes, atenciosos, servis. Mas usam navalhas escondidas na cava do colete e com elas acovardam as desgraçadas que exploram. A polícia os conhece. Mas, a não ser excepcionalmente, nada pode fazer legalmente contra eles. Há sempre falta de provas nas acusações e, demais, eles são honestos homens do comércio, ganhando a vida num trabalho heróico...

* * *

Ah! A prostituição engoliu também a menina mais bonita que eu já conheci! Era ainda uma criança, há alguns anos...

* * *

Na tarde clara, moças, rapazes, senhoras elegantes, estudantes, jornalistas, público. Na praça Floriano, um barracão armado pelos estudantes era a nota alegre da paisagem quotidiana. Durante um mês, foi um hábito carioca passar-se à tarde naquele barracão, tomar qualquer coisa, conversar, discutir, namorar. Ora, acontece que a mais bonita das mocinhas elegantes que serviam o chá, Elza, enchia o olhar e o coração boêmio de quase todos os estudantes, jornalistas, poetas, que ali compareciam infalivelmente todas as tardes. E, por ela, começaram aqueles jovens entusiasmos a se desentender...

Tinha apenas quinze anos, uma menina. E era um amor de pequena, com seus olhos claros; seu sorriso de criança, suas mãos pequenas, uma alvorada, como diria qualquer poeta português.

Elza andava na baratinha de um rapaz rico. Elza tinha uma amiga de comportamento muito duvidoso. Mas quase todos os rapazes que andavam pelo barracão de estudantes pensavam no amor de Elza. E a maioria era capaz de lhe propor casamento.

Vestia-se muito bem, com elegância. Tinha um jeito tímido e infantil. Quando se conversava de qualquer coisa de que não entendia, ela sorria sem falar nada.

E um belo dia um desses camaradas que sabem de tudo informou-me que Elza estava vivendo numa casa de tolerância de alto bordo, dessas de coronéis importantes que pagam a mulher, as bebidas e o silêncio.

No princípio não acreditei, até que tive uma confirmação definitiva. Com dezesseis anos, a menina mais bonita que já conheci tornou-se uma prostituta.

Durante alguns meses, foi a maior fonte de renda da ilustre proxeneta da casa elegante. Ministros, deputados, capitalistas gozaram o belo corpo por que tantos rapazes suspiraram. Rendeu muitos contos. Felizmente, as condições higiênicas dos importantes figurões não eram das piores e Elza não teve nada, até que se amasiou com um rapaz rico e abandonou o alto meretrício, com enorme lástima da proxeneta eminente, um dos ornamentos da República...

6

À tardinha, o Mangue era tranqüilo. Fazia sol. Poucas mulheres ainda nas rótulas, quase nuas, para aproveitar o pequeno movimento daquela hora. De vez em quando, chegava um automóvel de praça; de dentro, saltava uma francesa que dormira fora e que vinha para o batente.

Algumas mulatas andavam pelas calçadas embrulhadas em roupões de chita, de chinelo sem meia. Entravam nos botequins. Malandros desocupados fumavam encostados às portas, em mangas de camisa.

Os caixeiros eram íntimos, as marafonas eram íntimas. Diziam pilhérias, iam tomar juntos uma cerveja com os malandros.

Um *chauffeur* parava o táxi bem na porta. A rapariga vinha ver.

— Ah! É você, seu safado?
— Como é?
— Quer dar uma voltinha com a gente nessa draga?
— Vamos...

As francesas gritavam pelo caixeiro do botequim, pedindo uma média.

Uma tímida rapariga penetrou, hesitante, as ruas onde as mulheres se exibiam. Era uma mulatinha nova, trazia uma trouxa sob o braço, olhava as prostitutas com receio, como quem vai um pouco ao acaso.

Cara nova na zona. Os malandros em disponibilidade repararam no corpo bonito da pequena, na carinha bem apresentável, no ar ingênuo, na mocidade dos seios duros. Um mulato dengoso foi se aproximando sem cerimônias:

— É, pedaço...

Ela sorriu. O rapaz achou que não precisava mais nada:

— Tá procurando alguma coisa, minha filha?

Estava procurando casa. Tinha sido desvirginada no emprego — era copeira — e achara melhor cair logo na vida. Não tinha amante, caso raríssimo. Vinha espontaneamente. Ótimo negócio para o malandro em disponibilidade...

— Vamos lá na casa da Júlia...

E foram para a casa da Júlia.

* * *

Já de noite, a rapariga estreou a rótula. O malandro lhe ensinara como devia fazer. O Mangue regorgitava. Ela estava na porta com mais duas mulheres, uma branca sardenta e uma mulatona gorda. A mulatona fazia coisas excessivas.

— Vem, *chéri* — chamava feito francesa. — Vem fazer um buchezinho...

Mas estava muito gorda, os homens passavam. Honorina, a mulatinha estreante, não tinha ainda jeito de chamar. Encolhia-se num canto, por trás das outras, escondendo-se. O malandro passou pela porta, viu a rapariga ainda ali.

— Então? Você não foi ainda nem uma vez?
— Não...
— Ela não chama os homens — explicou a mulata.

O sujeito ficou zangado:

— Você precisa chamar. Senão, não faz nada! Olha, você precisa é aprender aí com a Conceição, que topa tudo. Isso é que é ser mulher, o resto é história. Nem as francesas podem com ela...

* * *

A gorda, envaidecida com o elogio, pegou a exagerar os chamados. O malandro saiu da porta pra não atrapalhar e foi tomar uma cerveja no botequim da esquina. Passou um freguês da sardenta.

— Vem cá!

O camarada se acercou.

— Como é? Vamos lá dentro?

— Não... Hoje não...

— Olha, tem aqui uma pequena nova que não foi com ninguém ainda. Olha, não é mesmo o suco?

— É. Eu vou com ela.

Honorina ficou sem jeito. Mas o homem enlaçou-a e foi com ela para o quarto fazer o primeiro michê da prostituta estreante.

Demoraram um tempão. O homem explorava a inexperiência da neófita, que não conhecia ainda os truques da velocidade. E no fim, só cinco mil-réis. Quando voltaram, a mulata avisou:

— O Chico já esteve aqui percurando você. Tá safado porque você demora com os freguês. Diz que assim você não pode fazer a vida.

A branca sardenta se intrometeu:

— Ara, também ele quer governar a mulher? Ele o que é, é um cafetão muito indecente. Não vai atrás dele não, minha filha, ele quer é o teu dinheiro.

— Você não deve se meter com a vida dos outros — respondeu a gorda. — Ele é o amigo dela, tem direito de vigiar a mulher.

Aí começaram um bate-boca. A branca sardenta, no meio da discussão, disse que tinha chamado um freguês dela para que Honorina fizesse o seu primeiro michê e a mulata gorda respondeu que ela estava querendo agradar a novata por motivos absolutamente inconfessáveis. Não falou assim não, proclamou foi claramente as tendências lésbicas da outra. Era bem bom que o Chico lhe desse uma surra. Aí a branca falou que, de fato, estava gostando da novata e queria ver se o Chico era homem pra ela. Nisto, o Chico chegou, meteu-se também na discussão, avançou pra dar uma bofetada na sardenta, mas a rapariga agarrou-se nele às dentadas e aos arranhões. Tudo por amor. Formou-se o barulho, veio a ronda e levou tudo pro xadrez: o malandro, a sardenta, a gorda e Honorina, que não tinha nada com a história e principiou dessa forma desastrada a sua vida no Mangue...

* * *

Um mês depois, eu vinha da casa de Odette e vi, numa porta, duas raparigas aflitas.

— Mas onde estão esses diabos desses guardas?
— Vê se você vai lá falar com eles.
— Mas eu não posso sair. Se sair, eles me prendem.

Parei:

— Que é, hein?
— É uma mulher que está doente, sofrendo, e a gente quer ver se chama a Assistência.
— Por que não telefonam?

— A polícia deu ordem que só quem pode telefonar são os guardas. A gente não pode chamar a Assistência. E os guardas desapareceram, que eu não sei onde estão.

— Esperem aí, que eu vou chamar.

— O senhor vai? Muito obrigado, meu filho.

Encontrei os soldados da ronda na esquina e avisei-os do ocorrido. Eles foram ver o que era e telefonaram chamando a ambulância.

* * *

Na noite seguinte, passei pela mesma casa para saber notícias da rapariga. Estava já de pé. Uma das mulheres apontou-me:

— Foi esse rapaz que chamou os guardas pra telefonarem.

A doente era Honorina. Acompanhei-a até o quarto dela. Ainda não estava boa de todo.

— Que é que você tem?

Contou-me então a sua história. Fora o bruto do Chico que brigara com ela porque não ganhara tanto dinheiro quanto ele queria. Então o patife acertara-lhe um pontapé na barriga.

A dor começou a voltar. Ela pegou a chorar. Chamei uma outra mulher da casa e pedi para esquentarem um pouco d'água. Eu mesmo apliquei depois panos embebidos em água quente no ventre dolorido. A dor melhorava um pouquinho, mas depois voltava outra vez. E eu fiquei assim, como enfermeiro, até o dia seguinte de manhãzinha...

— Você precisa consultar um médico assim que clarear o dia. Isso pode ser uma coisa muito séria — disse-lhe eu.

— Mas também esse sujeito que te fez isto devia ir para a cadeia. Minha vontade é dar parte à polícia.

— Não faça isso...

— Você gosta dele?

— Gostar, não gosto.

— Ele não é o teu amigo?

— É.

— Então?

— A gente tem que ter um amigo...

— Pra quê?

— Todas as mulheres dizem isso... Quando a gente fica doente, sem poder trabalhar, é ele quem sustenta a gente. E também quem garante a gente.

— Garante como?

— Garante, ué!... Por exemplo, se um freguês no porre quer dar na gente... Se a dona da casa quer explorar demais... Contra os outros malandros... Também, por exemplo, se a mulher fica doente, sem poder trabalhar, quem é que vai sustentar ela? A gente tem que ter um homem na vida...

O dia começava a clarear. Eu morria de sono. A dor de Honorina aliviara e daqui a pouco ela dormia.

Eu saí, na ponta dos pés, para a rua, ainda meio escura, silenciosa e fatigada. Num único botequim ainda aberto e iluminado, ceavam mulheres e malandros de volta dos cabarés ordinários.

7

Se minha família soubesse da minha vida, que vergonha! O meu bairro era agora, pode-se dizer, o Mangue. Encontrara lá o sofrimento de Odette e a ternura de Honorina. Minha humanidade eram aquelas duas rameiras. Eu andava maltrapilho. Meu quarto era um horror. Por um resto de dignidade aristocrática, vivia só. Podia dividir o meu quarto com um companheiro, que pagasse metade. Mas o contato humano me repugnava. No jornal, era um rapazola melancólico e taciturno, cumprindo as ordens sem vontade e sem revolta, passivamente. Comia em restaurantes vagabundos e, às vezes, apenas médias nos botequins.

Honorina pegou a me amar. Eu não podia sentir nada, mas entreguei-me àquele amor como um sacrificado. Sentia era a poderosa atração dramática daqueles quarteirões intensos de horror. O Mangue me fascinava. Eu bebia cerveja nos botequins, onde as vitrolas berravam as músicas que vinham do resto do mundo e aquilo era uma perspectiva nova para a minha pobre sensibilidade de vinte anos. Puxa, vamos sofrer, seu compadre, mas assim! O próprio sofrimento era demais, passava os limites humanos, se anulava sem ninguém perceber. O resultado é que ninguém sofria.

Ali um barulho nascia à toa e a vida se acostumara a ser uma coisa frágil. As mulheres fechavam precipitadamente as portas quando saía tiro e viviam permanentemente na perspectiva de fechar a porta precipitadamente, de uma hora para a outra.

A rua estava serena, as vitrolas tocavam, as raparigas chamavam, os basbaques passavam. O macho entrava e, quando ia sair, a porta já estava fechada e as mulheres olhavam as novidades pela persiana.

— Não sai já não — avisavam. — O negócio tá feio aí fora.

Às vezes, alguém morria. A emoção não era longa nem profunda. Suicídio de mulher com fogo nos vestidos era sopa, já ninguém se impressionava mais. Toda aquela gente era uma humanidade condenada.

* * *

Clóvis me olhava com inquietação:
— Seu Paulo, você precisa tomar jeito.

Animava-me. O jornal, só, não era meio de vida para ninguém. Ou eu me formasse ou não, devia tratar de ir arranjando outro emprego. Depois, eu ocupava um posto muito subalterno na redação e não pensava, absolutamente, em fazer nada que me distinguisse. Pouco me importava a opinião dos outros sobre o meu talento. Com vinte anos, eu chegara a uma crise de ceticismo total. Era um homem sem vontade, mas também sem ironia. Não é possível a ironia aos vinte anos. Seria um rapaz alegre, talvez, se a vida não me tivesse sacudido tanto, porque minha melancolia era uma crise neurastênica.

Ah! Seria preciso viver muito mais, todos os anos que vivi depois, para aprender a ciência amarga de sorrir!

* * *

Muitas vezes dormi com Honorina. De Odette eu gostava com um amor de irmão, e se andasse com ela cometia incesto. Honorina me amava e o seu amor era uma desolação. À meia-noite, as ruas do Mangue esvaziavam, a polícia obrigando todo o mundo a dar o fora e as mulheres a fechar a porta.

Eu entrava na casa de Honorina e ia para o seu quarto. O mulato desistira dela. Seu corpo ainda sem deformações tinha muitos fregueses.

Uma noite, houve um frege louco porque o Chico, embriagado, resolveu entrar. As mulheres gritaram. O mulato tinha uma navalha. Eu, dentro do quarto, senti novamente o desejo intenso da vida ante a perspectiva de morrer bestamente assassinado num bordel do Mangue. Mas não havia jeito senão bancar o herói. Preparei-me pra morrer.

Com o alarido, a polícia chegou. O Chico foi preso. E eu também fui levado para a delegacia pra prestar declarações.

* * *

O comissário do dia estava bem acostumado a tudo aquilo.

— Que é que há?

— Foi um frege na casa da Júlia, seu comissário. Esse malandro aqui quis matar o rapaz porque estava dormindo com a mulher.

Senti uma vergonha imensa. Meu nome não saiu nos jornais porque mostrei minha carteira de jornalista. Voltei, com Honorina, para o seu quarto.

No dia seguinte, fomos almoçar num frege-moscas ali por perto.

Os caixeiros serviam em manga de camisa, sujos e de tamancos. Um rádio de última categoria berrava sambas fanhosos. O dono da casa, português de bigodão e tudo, também servia os fregueses e botava o dinheiro na registradora. Marinheiros almoçavam com mulheres. Tudo gritava. As mulheres sem maquiagem eram horrendas, as pernas tinham cada marca de sífilis que só vendo.

— Que merda, seu Manoel! Isto é carne que se coma?
— Uma mulata desdentada gritava.
— Que é que hai com a carne?
— Está uma porcaria. Eu não vou comer isto não.

Um marinheiro dobrado, atarracado, tostado, garantia a valentia da mulher, em silêncio. O português que fosse besta de estrilar!...

Pressenti o rolo.

O português torceu os bigodes com desespero.

— Está baim!... Está baim!... Faz-se outro bife...

Levou o prato pra dentro. A mulata ficou vitoriosíssima.

Honorina pediu bife também e, daqui a pouco, eu reconheci no prato que veio pra ela, a mesma carne que a outra mulher recusara. Honorina também percebeu. Mas olhou o muque do português, mediu com o meu e resolveu comer o bife em silêncio. Todo mundo continuou feliz.

8

Um marinheiro deu uma navalhada no rosto de Odette, que ficou uma semana sem "trabalhar". Voltou para a rótula sombria e feroz. A cachaça tomou conta dela definitivamente, matou o instinto maternal, matou todas as possibilidades de humanidade.

Começou não indo mais saber do filho na casa dos portugueses. Sabia que a mulher ia reclamar o dinheiro atrasado, que era muito, e que ela não tinha nem por sombras. O expediente mais simples era não aparecer. E bebeu para esquecer que tinha um filho.

A embriaguez nela era dolorosa. Se tornava trágica. Não fazia escândalos, não brigava, não saía correndo despida pelo meio da rua. Saía do mundo. Mas com raiva, que brilhava sinistramente nos olhos maus. De vez em quando, ria em silêncio e aquele riso sem causa era medonhamente misterioso. Não queria saber de ninguém e nem sequer a mim tratava com simpatia. Só me pedia, com um restinho de consciência:

— Vai embora, meu filho, vai embora. Só te peço que você vá embora...

E fincava os olhos em coisa nenhuma. O pessoal já conhecia a coisa. Os caixeiros passavam, viam os olhos obstinados e iam comentar:

— A Odette do 21 está hoje num porre cachorro.

Ela nem ligava. Nem chamava os homens. Quando alguém queria entrar assim mesmo, ela ia para o quarto, despia-se maquinalmente e entregava-se com a mesma indiferença, sem uma palavra. Se o sujeito achava ruim, ela irritava-se:

— Bem. Me passa o dinheiro e vai dando o fora. Não quero saber de conversa não.

E o olhar feroz tinha um brilho de loucura, que assustava. O melhor era deixar os cinco mil-réis e ir tratando de dar o fora...

* * *

Uma vez me chamou:

— Vem cá, Paulo.

— Que é?

— Entra aqui.

Entrei. Uma garrafa de Parati ainda cheia em cima da cômoda. Senti pena:

— Pra que você faz isso, Odette?

— Hoje ainda não bebi.

— Sim, mas pra que essa garrafa aí?

— Um golinho só... Logo mais...

— Qual!... Já sei que golinho só é esse...

Ela não respondeu. Estava estranhamente triste e senti, um momento, a antiga beleza brutal do seu corpo moreno. Um instante, Odette foi a minha namorada de anos antes, a esplêndida menina de bairro de pernas admiráveis.

— Paulo, te chamei pra te pedir uma coisa.

— Pois não, Odette.

— Paulo, vou te dizer uma coisa... Uma bobagem... Você hoje é a única pessoa a quem eu tenho um pouquinho de amizade no mundo. Te juro. E, pra falar a verdade, cheguei a pensar que gostava muito de você...

Eu nada respondi e ela continuou baixinho:

— Não foi quando namorei você não... Naquele tempo, eu gostava, mas não era muito.. Foi depois. Foi aqui mesmo, no Mangue. Mas nunca te disse... Afinal de contas, eu sou uma infeliz...

— Oh! Odette...

— É, meu bem, eu sou. Não fale que não. E era justamente sobre isso que eu queria falar com você. Eu sei que você tem dormido aqui no Mangue, na casa da Júlia, com a Honorina. Você não devia fazer isso, Paulo. Você não é rapaz para o Mangue. Deixe a gente, que não tem mais jeito. Somos todas um pessoal desgraçado. Mas você não deve estar se perdendo por aqui. Você devia pensar em sua mãe, no desgosto que ela ia ter se soubesse como você vive. Tá ouvindo, Paulo? Você me promete que não vem mais aqui?

As suas palavras me embalavam como uma canção de ninar. A sua ternura maternal se transferia para mim. Senti, então, poderosamente, a minha decadência e o meu drama. No regaço de Odette chorei. No regaço da prostituta, chorei. E as suas mãos me alisavam os cabelos e os seus seios me escondiam os soluços...

Depois que eu saí, Odette entrou na cachaça. Não quis mais saber de receber homem nenhum. Ficou no quarto, fechada, sem falar com ninguém. As outras mulheres gozaram:

— Hoje o porre é grande mesmo...

Mas lá dentro, deitada na cama, Odette procurava a serenidade. O Mangue continuava a vida de todos os dias. Veio uma tarde clara, quente, luminosa, de verão. Na cama, deitada, Odette não via nada. O calor irritava o desejo dos machos e havia muitos homens passando. Odette não queria saber de nada. Os rádios cantavam alto os sambas mais bonitos da cidade. Odette nem ligava.

O sol se escondeu. Uma doçura imensa de crepúsculo veio purificar aquelas ruas impuras. Uma francesa pôs um suspiro inútil na voz que chamava os homens. O passado compareceu insidiosamente nos olhos fatigados da mulher. Um rádio compreendeu que o momento era solene e cantou um tango. Na voz do tango, a tarde se dissolvia. As mulheres chamavam quase em surdina. E havia em tudo uma sugestão dominadora de silêncio.

Odette buscava a serenidade. O quarto escureceu numa sombra abafada de verão. Não sei em que árvore podia ser, mas uma cigarra cantou.

* * *

Nesse momento, eu pisava aquelas ruas trágicas pela última vez. Fora dar adeus a Honorina enganando que ia pra fora. Queria satisfazer o pedido de Odette. E aquele canto de cigarra, voz tardia da minha infância, me comoveu.

De repente, ouvi gritos. Gritos estridentes de mulher. No começo, não percebi o que era, nem de onde vinham. Mas logo compreendi que gritavam por socorro:

— Socorro! A mulher tá pegando fogo!...

Houve uma confusão doida. Uma cabeça desgrenhada, apavorada, apareceu na porta do 21:

— Socorro!

Corri, com outros, para lá. As pessoas se atropelavam na porta. E eu ouvi, ouvi distintamente, a voz de Odette, num grito fino, intraduzível, de terror e de sofrimento. Um uivo.

Meu sangue paralisou num arrepio gelado. E, de repente, nem sei como, uma visão — nunca mais a esquecerei — de loucura apareceu na porta. Uma fogueira ambulante. Odette ardia. Ela corria como uma louca, gritando, uivando, gemendo. Uma fogueira. O vestido desaparecia em fagulhas. Os cabelos eram uma longa chama ondeante. E Odette vivia e gritava e uivava.

As outras mulheres faziam uma confusão alucinante, de pandemônio. Gritavam, gritavam, gritavam nervosamente. Toda a rua gritava. Ninguém se lembrava de uma providência, ninguém se lembrava de nada. Odette corria desvairada, de um lado para o outro, derrubando móveis, quebrando coisas, tentando abraçar as companheiras, que fugiam num movimento de horror. Até que dois homens pegaram um cobertor, correram atrás dela e abafaram a fogueira.

Odette dava uivos. Ficara ferida gravemente, era uma chaga. Irreconhecível, inchada, ela estava quase toda em carne viva. Quando a assistência chegou, o médico declarou logo que era um caso perdido.

* * *

De noite, em frente do 21, um grupo comentava o caso:

— Ela morreu antes de chegar ao pronto socorro... — contava um sujeito. — Um enfermeiro me disse que as últimas palavras dela foram chamando o filho...

E as prostitutas suas amigas combinaram que iriam ao enterro no dia seguinte, levando flores...

9

Deixei de ir ao Mangue. Passei anos lutando. Larguei o jornal. Envelheci. Ganhei experiência. Arranjei, afinal, um bom emprego. Trabalhei para outros jornais, em boas condições. Prosperei.

Montei um apartamento, comprei um automóvel, como Arthur de Aguiar. Um começo de gordura obscena marcou o fim da minha atribulada juventude. Tive amantes. Meu apartamento abrigou, em entrevistas de algumas horas, senhoras casadas, atrizes, meninas de sociedade, mulheres inteligentes, falando de literatura e de arte, grandes damas, garçonetes... E eu não esqueci a prostituição. Se me permitem a vaidade, direi que fui mais amado do que amei. Sofri com isso. Eu continuava a mesma busca ansiosa de plenitude que Lia não soubera me dar e mulher nenhuma me deu.

A senhora de sociedade chegava ao meu apartamento olhava os objetos de arte, achava tudo bonito, beijava-me, entregava-se; outras tinham uma porção de novidades, contavam-me perfídias, faziam *potins*, beijavam-me, entregavamse; a garçonete não dizia nada, porque nada sabia dizer, mas beijava-me e entregava-se. E, depois que se entregavam, eu me sentia profundamente infeliz, sem saber o que fazer daqueles belos corpos despidos, imensamente carinhoso, mas sem paixão.

A prostituição me tinha estragado. Eu via em tudo apenas o ato animal, como um sacrifício ritual; o resto era detalhe. E, se as mulheres inteligentes me agradavam antes da cópula pelo prazer intelectual que me proporcionavam, eram depois tão inúteis como as outras. Inúteis, esse é o termo. Nem desagradáveis nem repulsivas: inúteis.

Um dia talvez eu conte as minhas próprias memórias sentimentais. Aqui não seria o lugar. Posso, entretanto, adiantar que demonstrarei uma tese absolutamente certa: as mulheres amam demais. Há um desequilíbrio evidente entre o amor de um homem e o de uma mulher. O pior é que é um amor sem plenitude, um amor sem totalidade. É permanente, é quase o desejo de perseguir o homem, quase a vontade de torturá-lo, de usá-lo com direitos de exclusividade. O movimento instintivo do macho é saciar-se sexualmente e afastar-se; o da mulher é agarrar-se a ele. Não quer compreender que o macho tem obrigações, impostas pelo próprio sexo. A sua missão é fecundar. E há tantos ventres femininos no mundo...

Por isso, a prostituição é uma prática contra a natureza. A pluralidade, não amorosa, mas sexual, é um atributo do sexo masculino. O corpo da mulher que se entrega a vários homens, por dinheiro, é um corpo neutro, morto, incapaz de gozo. Estéril e esterilizante.

* * *

É noite. Estou só em meu gabinete de trabalho. Vêm de fora sons de piano, uma valsa antiga e sentimental de Brahms.

Que sossego!... Não. Não martelarei a máquina de escrever para encerrar as minhas memórias de vagabundo. Terminarei à tinta, docemente, serenamente, diante da janela aberta para a noite clara, onde há rumores distantes das minhas noites antigas...

Fui um rapaz triste e moreno, que procurava no ar vazio das madrugadas o mistério perdido.

Cheguei ao mundo num momento melancólico, começando propriamente a viver quando acaba uma vida antiga, em que eu desejaria ter vivido, para a inquietação de uma vida nova.

Os homens tomaram aspectos ferozes de luta. Meus dramas se dissolveram no drama de um mundo inteiro. Em torno de mim, outros homens sofreram e eu vi seus sofrimentos diferentes. Alguns eram ainda os sobreviventes do mundo antigo e refletiam problemas humanos e eternos; outros eram já marcados pelas angústias do momento dramático de hoje, reflexos dos problemas urgentes da sociedade moderna.

E todos os sofrimentos me comoveram e me revoltaram, porque eu sou um homem de transição, um homem que amará todos e todos no fim abandonarão, que sabe apenas contar, sem artifícios e sem insinceridade, os dramas que viveu e os dramas que viu, num mundo também de transição e também inquieto, mas que ama os heróis que afirmam, os iluminados que crêem.

Pertenço àquela pequena casta de torturados que trocam continuamente de inquietação em busca de inquietações novas. Ser feliz é uma expressão relativa, dentro da angústia contínua que nos marca.

É noite. A valsa acabou...

Este livro foi impresso nas oficinas da
DISTRIBUIDORA RECORD DE SERVIÇOS DE IMPRENSA S.A.
Rua Argentina, 171 – São Cristóvão – Rio de Janeiro, RJ
para a
EDITORA JOSÉ OLYMPIO LTDA.
em dezembro de 2004

*

73º aniversário desta Casa de livros, fundada em 29.11.1931